KB097429

사랑하는 _____에게

아들아 세상을 지혜롭게 살아라

아들아 세상을 지혜롭게 살아라

인　쇄　2013년 2월 10일
발　행　2013년 2월 15일

지 은 이　필립 체스터필드
옮 긴 이　강민수
펴 낸 이　배태수
펴 낸 곳　신라출판사
디 자 인　DesignDidot 디자인디도
등　록　1975년 5월 23일 제6-0216호
전　화　(02) 922-4735
팩　스　(02) 922-4736
주　소　동대문구 용두동 751-14 광성빌딩 2층

ISBN　　978-89-7244-119-9 03840

아들아 세상을 지혜롭게 살아라

필립 체스터필드 지음
강민수 옮김

신라출판사

차 례

무한한 애정과 지혜를 담은
'아들에게 보내는 편지'

이 책은 영국의 정치가이자 문필가인 필립 체스터필드(Philip Chesterfield : 1694~1773)의 세계적인 명저 〈Letters to his son〉을 번역한 것이다.

젊은 시절을 파리에서 보낸 체스터필드는 그 곳에서 많은 프랑스 문인들과의 교류를 통해 폭넓은 교양과 지식을 쌓아갔다. 1726년 백작가(家)를 계승하였으며, 1728년 네덜란드 대사가 되어 1732년까지 헤이그에 주재하였다. 이때 태어난 사내아이가 필립 스탠호프(Philip Stanhope)인데, 그가 바로 체스터필드로부터 편지를 받은 '아들'이다. 스탠호프는 체스터필드가 네덜란드를 떠난 1732년에 출생했다.

체스터필드는 그 후 정계에 진출하여, 1745년부터 1746년까지는 아일랜드 국왕의 대리인으로, 1746년부터 1748년까지는 국무장관을 지냈다.

많은 부모들이 자녀에게 '인생을 살아가는 방법'에 대하여 훌륭한 조언을 해주고 싶어하지만, 그들이 들려줄 수 있는 것은 자신의 경험을 바탕으로 한 매우 단편적인 것에 불과하다. 또한 인생을 산다는 것이 녹록치 않음을 알고 있지만 바쁜 일상 때문에 자식의 문제에 일일이 신경을 쓰기가 쉽지 않다.

이 책이 시대를 초월하여 세계적인 스테디셀러로 굳건히 자리를 지키고 있는 것은 학교에서도 가정에서도 배울 수 없는 삶의 지혜들을 수록해 놓았기 때문이다.

사회란 어찌 보면 맹수들이 우글거리는 정글이나 다름없다. 저자는 이 책을 통해 정글에서 위용이 넘치는 사자로 살아남는 법을 가르치고 있다.

저자는 이 책에서 '시간의 중요성' '가치관의 확립' '독서의 중요성' '우정에 관하여' '인간 관계의 비밀' 등 9개의 테마를 통해 삶의 지혜를 전하고 있다.

처음 이 책이 출판되었을 때 많은 지각 있는 영국의 젊은이들이 이 책을 읽었다. 이후 거짓말처럼 영국은 오랜 기간 번영을 누렸다. 그것은 이 책을 통해 탄탄한 삶의 지혜를 터득한 젊은이들이 눈부신 활약을 했기 때문이라고 믿는다.

따라서 이 책으로부터 인생의 처세훈을 얻은 한국의 젊은이들도 분발하여 더욱 진취적이고 풍요로운 한국 사회를 이끌어가 주었으면 한다.

옮긴이

제1장

"

인생이란 항해를 떠나는
아들에게

"

{ 지금 이 순간의 선택이 너의 인생을 결정한다. }

그 아들을 모를 때는 그 아버지를 보아야 하고,

그 사람을 모를 때는 그 친구를 보아야 하고,

그 땅을 모를 때는 그 초목을 보아야 한다.

공자(孔子 : B.C. 552~B.C. 479. 중국 춘추 시대의 사상가)

01
시간 관리를 잘 하라

아들아! 네가 지금 이 순간 가장 명심

해야 할 것은 시간의 귀중함을 아는 것이다. 시간 활용이 그토록 중요

하건만 이 사실을 제대로 알고 있는 사람은 그다지 많지 않다. 많은 사

람들이 입으로는 '시간이 귀중하다'고 하지만 시간을 정말 귀중하게 여

기고, 가치 있게 쓰는 사람은 많지 않다.

시간을 아무 생각 없이 쓰레기통에 버리듯 허비하고 있는 사람조차

도 시간의 중요성에 대해 누군가가 말을 하면 '시간은 참으로 귀중하

다'느니 '눈 깜짝할 사이에 흘러가 버리는 것이 시간'이라느니 한 마디

씩 한단다. 그러고 보면 시간에 대한 격언은 너무도 많아서 누구나 한

가지 정도는 꿰고 있다.

날마다 사람들은 시계를 보고, 시간의 중요성을 생각한다. 한번 잃어버린 시간은 다시는 되찾을 수 없다는 사실을 실감하고 있기 때문이지.

하지만 이러한 교훈도 단순히 이해하는 것만으로는 부족하다. 직접 남에게 그 중요성을 이야기해줄 수 있을 정도로 교훈을 체득하고 있지 않다면 진실로 시간의 가치를 이해하고 그 사용법을 알고 있다고 할 수 없기 때문이다.

그런 점에서 너는 시간의 귀중함을 잘 알고 있는 것 같다. 이것은 매우 중요한 일이다. 알고 있느냐, 모르고 있느냐에 따라 앞으로의 네 인생은 하늘과 땅만큼이나 차이가 생길 것이니까. 그러니 너에게 시간에 관해 이런저런 말을 더 길게 할 생각은 없다. 그러나 이것만은 분명히 알아두어라. 네 인생의 긴 여정 중 지금부터 2년의 기간에 관한 것이다.

먼저 성년이 되기 전까지는 기초 지식을 철저히 닦기 바란다. 그렇지 못하면 그 이후의 인생을 네가 마음먹은 대로 살아가기 어려울 것이다. 지식이란 것은 나이 들었을 때의 휴식처이자 도피처라고 할 수 있기 때문이다.

■ 지금 이 순간을 헛되게 보내면 평생을 후회한다

나는 은퇴 후에는 책을 읽으며 살 생각이다. 지금 내가 이렇게 누구의 방해도 받지 않고 독서의 즐거움에 젖을 수 있는 것은 네 나이 때 공부를 게을리 하지 않았기 때문이다. 좀더 열심히 공부했더라면, 이 시점의 만족감이 더 컸을지도 모른다. 아무튼 이렇게 세상사를 잊고 독서에 몰입하는 것이 너무 행복하다.

나는 젊은 시절, 공부에 전력했던 걸 다행으로 생각하고 있다. 그렇다고 공부만 한 것은 아니다. 짬짬이 놀기도 했으니까. 그렇다고 놀았던 시간이 아깝다는 뜻은 아니다. 논다는 것은 인생의 큰 즐거움이며, 젊음의 특권이기도 하니까 말이다. 나는 젊었을 때 공부도 열심히 했지만 맘껏 놀았다. 만일 그런 경험이 없었더라면 지금 논다는 것의 의미를 잘못 이해하고 있었을 것이다. 인간은 자기가 모르는 일에 흥미를 갖고 싶어하니까 말이다.

그렇지만 다행히 젊은 시절 맘껏 놀았기 때문에, 나는 논다는 것이 어떤 건지 알고 있다. 그와 같은 맥락에서 나는 일하는 데 소비한 시간이 헛된 것이었다고 생각한 적도 없다. 실제로 일을 해보지 않고 어림짐작만 하는 사람은 긍정적인 부분만 생각하고 뭐든 도전해보고 싶다고 생각하는 법이다. 그렇지만 현실은 만만치 않다. 그것은 경험해보지 않은 사람은 결코 모른다.

다행히 나는 일과 노는 것 모두에 정통했다고 단언할 수 있다. 곁에서 지켜보던 사람들이 놀라 탄성을 자아내기도 하고, 한숨을 쉬기도 하는 놀이나 일의 이면도 잘 알고 있다. 하지만 오직 한 가지, 지금까지 후회해왔고, 앞으로도 후회하리라 생각되는 것이 있다. 그것은 젊었을 때 나태하게 지낸 시간들이다.

거듭 말하지만 앞으로 2년간은 너의 인생에 매우 중요한 시기이다. 그래서 아버지는 목이 아프도록 타이르고 싶다. 그 기간을 충실하게 보내라고 말이다. 지금 네가 아무 일도 하지 않고 지낸다면, 그만큼 지식의 양도 줄 것이고, 인격 형성에 있어서도 손실이 크다. 반대로 알차게 시간을 보낸다면, 그러한 시간들이 쌓이고 쌓여서 큰 이자가 붙어 네게로 되돌아올 것이다.

앞으로 2년간은 힘들더라도 네 학문의 기초를 완벽하게 닦아야 한다. 일단 기초를 닦아놓기만 하면 그 다음은 언제든지 원하는 때에, 원하는 만큼의 지식을 꺼내 쓸 수가 있다. 그것을 해놓지 않으면 나중에 정작 필요한 때에 어떤 일도 해낼 수 없을 것이다. 뒤늦게 학문의 기초를 공부한다는 것은 쉽지 않은 일이다.

또한 젊었을 때 기초를 닦아놓지 않으면 나이가 들었을 때 매력 없는 인간이 된다. 나는 네가 일단 사회에 나간 후 책을 읽으라고 권할

생각은 없다. 사실 그럴 시간도 없을 것이다. 설령 있다 하더라도, 이미 책이나 들고 있을 한가한 신분이 아닐 것이기 때문이다.

이 정도 당부했으면 지금이 네 인생에 있어서 유일한 면학의 시기, 누구의 방해도 받지 않고 지식을 축적하는 일에만 힘쓸 시기란 걸 알 수 있겠지? 하지만 너도 때로는 책상 앞에 앉으면 진절머리가 날 때가 있을 것이다. 그럴 때는 이렇게 생각해라.

'이것은 어차피 한 번은 통과해야 하는 길, 힘든 만큼 빨리 목적지에 도달할 수 있다. 그만큼 빨리 자유로워지게 되는 것이다.'

자유로운 시간을 빨리 갖느냐 늦게 갖느냐는 오로지 시간을 어떻게 관리하느냐에 달려 있다.

02
성공은 노력하는 자의 몫이다

절제된 생활을 하면 네 나이에는 특별한 운동을 하지 않아도 된다. 절제된 생활이란 적절한 마음의 휴식을 포함한 것이다. (때로는 두뇌를 쉬게 하는 물리적인 것도 포함된다)

그리고 두뇌를 명석하고 건강하게 유지하려면 많은 훈련이 필요하다. 나는 한눈에 훈련이 된 두뇌를 가진 사람과 그렇지 못한 두뇌를 가진 사람을 알 수 있다. 두뇌 훈련을 위해서는 제아무리 많은 시간과 노력을 쏟아부어도 아깝지 않다는 생각이다.

어떤 사람의 경우, 훈련을 전혀 하지 않았는데도 유전적, 또는 환경적 요인으로 천부적인 재질이 나타나는 경우도 있다. 이런 사람이 노력까지 열심히 한다면 더욱 위대한 인물이 되는 것은 두말할 나위도 없다. 하지만 대부분의 사람들은 훈련을 필요로 하는 평범한 두뇌의 소유자이므로 거저 앉아서 기적을 기다릴 수는 없는 노릇이다.

이를 실천하지 않는다면 출세의 발판을 마련하지 못하는 것은 물론 평범한 인간이 되기 위한 기초조차 마련하지 못할 것이다.

현재의 네 입장을 생각해봐라. 지금 너에게는 출세의 발판이 될 지위도 재산도 없다. 내가 언제까지 정계에 있을지도 알 수 없는 일이다. 네가 순조롭게 직장에 첫발을 내디딜 무렵이면 나는 은퇴해 있지 않을까?

내가 은퇴하면 너는 뭘 의지할 것이냐? 오로지 너 스스로의 힘밖에 믿을 것이 없다. 그것만이 출세의 유일한 길이다. 또 그게 세상의 이치다. 그렇다고 너무 겁먹지 마라. 물론 네게는 그만한 힘이 분명 있을 것으로 믿는다.

나는 가끔 스스로는 뛰어난 사람인데 사회로부터 인정을 받지 못하거나, 그에 상응하는 대접을 받지 못하고 있는 경우를 보게 된다. 그러나 내가 단언하는 한 그런 일은 결단코 없다. '반드시'라고 해도 좋을 만큼 '뛰어난' 인간은 어떤 역경에 처하더라도 나름대로 성공을 거두고 있단다.

■ 성공적인 너의 사회생활을 위해

내가 앞에서 '뛰어나다'고 한 것은 지식과 식견이 있고 태도도 훌륭한 사람을 뜻하는 것이다. 식견의 중요성은 새삼스럽게 부연 설명을 하지 않겠다. 굳이 한마디 하라면 식견을 갖지 못한 사람은 쓸쓸한 인생을 살아갈 수밖에 없다. 지식에 관해서는 누누이 강조하지만 어떤 미래를 꿈꾸든 간에 몸에 익혀두지 않으면 안 될 주요 요소다.

'태도'란 지금까지 내가 말한 것들 중에 가장 하찮은 것이라고 생각할지 모른다. 그러나 뛰어난 인간이 되기 위해서는 태도만큼 중요한 것은 없다. 태도가 어떠냐에 따라서 지식이나 식견이 빛을 발하기도 하고, 빛을 잃기도 한다. 그리고 사람의 마음을 잡아끄는 것은 사실 지식이나 식견이 아니라 그 사람의 태도란다. 내가 기회 있을 때마다 네게 보낸 편지들, 그리고 앞으로도 보낼 편지들에 대해 진지하게 생각을 해주길 바란다. 그것들은 오랜 경험 끝에 내가 얻어낸 지혜의 결정체요, 너에 대한 내 애정의 증거이다. 나는 너 아닌 어떤 청년한테도 이런 조언을 할 생각이 없다.

하지만 아들아! 내가 제아무리 네 걱정을 많이 하지만 내가 해줄 수 있는 힘은 지극히 미약하다. 그나마 작은 보탬을 줄 수 있는 것은 이런 충고란다.

'조금 더 인내력을 가지고 버텨라. 그리고 내 말에 귀를 기울여라.'

네가 진정 내 말에 귀를 기울인다면 머지않아 내 충고가 결코 헛된 것이 아니라는 걸 알 것이다.

제2장

"
자기 자신을 위한
경영 마인드 함양하기
"

{ 성공하려면 남보다 두 배는 더 노력하라.
그리고 집중하라. }

부모가 모범을 보여주는 것은

무한한 자비를 베푸는 것보다 낫다.

N. 마키아벨리(1469~1527. 르네상스기 이탈리아의 작가이자 정치가)

01
성공하려면 남보다 두 배는
더 노력해야 한다

아들아! 왜 태만하면 안 되는지 말해

주고 싶다. 너를 향한 나의 애정은 마음 약한 너의 어머니의 애정과는

다르다. 나는 자식의 결점만 바라보는 바보는 아니다. 그 반대다. 사실

네 결점은 한눈에 보인다. 어떤 아버지도 나같은 능력은 있을 것이다.

이처럼 한눈에 뻔히 드러나는 결점을 고쳐주는 것이 부모의 의무라고

생각하는데 너도 여기에 동의하겠지?

다행히 내가 보기에는 성격이며 재능 면에서 너에게 이렇다 할 문제는

없었다. 단지 조금 태만한 것과 주의력이 산만하다는 것, 그리고 주변 일

에 무관심해 보이는 것이 문제다. 이런 점은 몸이 약한 노인이라면 덮어

줄 수 있지만 앞날이 창창한 젊은이는 하루빨리 고쳐야 할 문제점들이다.

젊은이는 뛰어나고, 빛나는 존재가 되기 위해 쉬지 않고 노력하지 않으면 안 된다. 또 민첩하고 활동적이며 무엇을 하든지 끈기가 있어야 한다. 로마 최대의 정치가인 카이사르가 말했다. '훌륭한 행동이 아니면 행동이라고 말할 수 없는 것이다'라고.

그리고 너에게는 용솟음치는 열정이 부족한 것 같다. 열정은 주위 사람에게 에너지를 주어 즐겁게 해주고, 스스로도 노력에 가속도를 붙여주는 힘을 준다. 다시 말해 존경받을 만한 인간이 되고 싶다면 부단한 노력이 필요하다. 가만히 앉아서 존경받기를 바란다는 것은 있을 수 없는 일이다. 타인에게 아무 노력도 기울이지 않고 어떤 결과를 바라서는 안 된다.

너는 머지 않는 미래에 격동하는 사회의 중심축에 서 있게 될 것이다. 그때를 대비해서 지금 해야 할 일은 뭘까? 그것은 세계 각국의 정치 상황, 나라 간의 이해 관계, 경제 상황, 역사며 관습 등에 관한 지식을 쌓는 일이다. 지식의 축적은 보통의 두뇌를 가진 사람이 조금 힘을 쏟기만 하면 가능하다. 그 정도도 노력을 할 수 없다면 이 아비는 자식을 용서할 수 없다. 또한 자식이 현 시점에서 무엇을 해야 하는지를 뻔히 알고 있으면서도 가만히 두고 본다는 것은 아버지로서의 자격을 상실한 것이라 할 수 있다.

■ '조금만 더 밀고 나가자'라는 욕심을 가져라

대부분의 태만한 사람들은 일을 끝까지 밀고 나가려는 노력을 게을리 한다. 조금만 까다로운 문제에 직면하면(사실 터득하거나 체득할 가치가 있는 것은 대부분 끈기와 노력이 필요한 일이다) 쉽게 좌절한다. 성공을 눈앞에 두고 좌절하거나 체념해 버리면 결과적으로 수박 겉핥기식의 지식밖에 습득하지 못한다. 태만이 몸에 밴 사람들은 죽기 살기로 고생하느니 적당히 살자고 생각한다.

이런 사람들은 어떤 일도 힘들다고 생각하고 시도조차 하지 않는다. 누구든지 진지하게 부딪쳐보면 못해낼 일이 없는데 말이다. 사람이 할 수 없는 일이란 '불가능한 일'밖에 없다. 많은 사람들이 자신의 태만을 변명하기 위하여 힘들다고 엄살을 부리고 있다.

태만한 사람들로서는 한 가지 일에 한 시간 이상 집중하는 것도 큰 고통이다. 따라서 무슨 일이든지 처음에 느꼈던 고통만 생각하려고 할 뿐 일을 해내고 난 후의 뿌듯함은 전혀 생각지 않는다. 그런 사람은 항상 삶이 제자리걸음이다. 또한 이런 사람은 통찰력이나 집중력을 겸비한 사람을 만나 대화를 나누면 금세 무지와 태만이 훤히 드러나고, 횡설수설 종잡을 수 없는 말을 늘어놓게 된다.

그러므로 뭐든 처음 시작할 때 다소 고통이 따르더라도 쉽게 포기해서는 안 된다. 더욱 분발하여, 성인이라면 누구나 알고 있어야 할 지식을 철저하게 자신의 것으로 만들어야 한다. 다부지게 말이다.

■ 자신이 몸담고 있는 분야 이외의 상식도 두루 알아두어라

지식 중에는 어떤 특정한 분야의 직업을 가진 사람에게는 그것이 필수사항이겠지만, 일반 사람에게는 그다지 필요하지 않는 것도 있다. 예를 들어 항해학 같은 전문 지식은 평상시의 대화 중에서 적당히 귀담아 들어 두는 것으로도 기본적인 지식을 얻을 수 있다.

하지만 어떤 직업을 가진 사람도 공통적으로 알아두지 않으면 안 되는 상식은 철저하게 공부해두는 것이 중요하다. 어학, 역사, 지리, 철학, 논리학, 수사학(修辭學) 등이 그것이다. 너는 그 외에도 유럽 각국의 정치 형태, 군사, 민사(民事)에 관한 지식도 쌓아두어라. 이런 광범위한 지식 체계를 자신의 것으로 만들기는 결코 쉬운 일이 아니므로, 부단한 노력이 필요하다. 그렇지만 꾸준히 노력하다 보면 불가능한 일은 없다. 그리고 언젠가는 너의 노력이 어떻게 네 인생에 빛을 발했는지 깨닫게 될 것이다.

다시 한번 당부해두지만 너는 대충 사는 사람들이 입에 올리곤 하는

'나는 그 일을 할 능력이 없다'는 변명을 하지 말기 바란다. 정신적인 것이나 육체적인 것이나 다른 사람이 해내는 일은 너도 할 수 있다. 한 가지 일에 오래 집중할 수 없다고 하는 것은 '나는 바보입니다'라고 광고하는 것이나 마찬가지이다.

내가 알고 있는 사람 중에 칼을 찬 채로는 절대로 식사를 할 수 없다면서 식사시간마다 그것을 풀어놓고 식사를 하는 사람이 있다. 그 사람에게 나는 이렇게 말했다.

"칼을 풀어놓는다는 것은 식사 중에는 자신에게도 다른 동석자에게도 절대로 위험한 일이 일어나지 않는다는 것을 당신이 믿는다는 뜻이오."

아무튼 세상 모든 사람들이 태연하게 하고 있는 일을 '할 수 없다'고 하는 것은 정말로 한심하고 어리석은 일이라고 생각지 않느냐?

02

작은 일을 소홀히 하지 마라

세상에는 사소한 일에 신경 쓰느라 허구한 날 허둥거리며 살아가는 사람이 있다. 그들은 정말 중요한 일이 무언지 모른다. 따라서 중요한 일을 해야 할 시간에 아무 가치도 없는 일을 하며 시간을 허비하고 있다. 이런 사람은 누군가를 만나서 대화를 나눌 때도, 상대방의 차림새에만 마음이 빼앗겨 있으며, 연극을 보러 가서도 외부의 장식에만 마음이 빼앗겨 있다. 그리고 정치에 관해 사람들과 대화를 나눌 때도, 이렇다 저렇다 정견을 말하지 못하고 형식에 얽매인 생각만 한다.

그러나 똑같이 하찮은 일이라도, 그것을 몸에 갖추지 않으면 타인에게 불쾌감을 줄 수도, 오해를 불러일으킬 수도 있다. 훌륭한 인간이 되기 위하여 지식이나 식견을 넓히고 좋은 태도를 몸에 익혀야 하는 것처럼, 아무리 사소한 것이라도 소홀히 해서는 안 된다. 조금이라도 해볼 만한 가치가 있다고 생각되는 것은 노력해서 누구보다 멋지게 해내라. 그리고 이를 성취하기 위해서는 무엇보다도 먼저 그것에 주의를 기울이지 않으면 안 된다. 너에게 당부하고 싶다. 의상이며, 걸음걸이, 춤추기 등에도 신경을 쓰라고 말이다.

춤이란 일상적인 것은 아니지만, 기본 스텝 정도는 알고 있는 것이 좋다. 춤을 배울 때는 심혈을 기울여서 성심껏 배워라. 제아무리 우스꽝스러운 동작이라도 무시하지 마라. 의상 역시 마찬가지다. 모든 사람은 옷을 입는다. 이왕 입는 옷, 맵시 있게 입어라.

■ 눈앞에 있는 사물, 또는 인물에게 지대한 관심을 가져라

주의가 산만하다는 말을 듣는 사람은 대개 머리가 나쁘거나 마음이 딴곳에 가 있는 사람들이다. 그런 사람은 어떤 자리에 있어도 참다운 즐거움을 느끼지 못한다. 그들의 공통점은 모든 면에서 예의를 무시하고 있다. 또한 종잡을 수 없이 변덕을 부려 오늘은 누군가에게 다

정하게 대했다가 내일은 쌀쌀맞게 대한다. 그뿐만 아니라 자기 멋대로 사람들의 대화에 끼어들어 분위기를 망쳐놓기도 한다. 이것은 한 가지 일에 정신을 집중하지 못하고 있기 때문이다. 그렇지 않다면 그보다 더 중요한 일에 마음이 **빼앗겨** 있다는 증거다.

예를 들어 아이작 뉴턴(Isaac Newton : 1642~1727. 영국의 물리학자이자 천문학자)을 비롯하여 천지창조 때부터 오늘날까지 지구촌에 나타난 천재들은 주위에 아무리 많은 사람들이 시끄럽게 굴어도 사색에 몰두하는 일이 가능했다. 그러나 그러한 면죄부를 가지고 있지 않는 일반인은 주위 사람들에게 신경을 써주어야 한다. 한순간의 객기로 그런 흉내를 냈다가는 당장 얼뜨기라고 손가락질을 당하거나 친구들로부터 소외당하기 십상이다.

부주의한 사람, 주의가 산만한 사람만큼 함께 있는 사람에게 불편을 끼치는 사람은 없다. 그런 사람은 타의든 자의든 상대방을 모욕하고 있는 것이 틀림없다. 모욕은 어떤 사람에게 있어서나 씻을 수 없는 상처를 주게 마련이다. 너도 생각해 봐라. 자신이 존경하고 있는 사람, 사랑하고 있는 사람을 앞에 두고 정신을 흐트러뜨릴 수 있겠는가 말이다. 대부분의 사람은 주목할 만한 가치가 없다고 생각되는 사람에 대해서는 정신을 집중할 수 없는 법이다. 그러나 아들아, 세상 어떤 사람의 말이든 주목할 만한 가치가 한 가지는 있다.

내 생각은 이렇다. 마음이 딴 데 가 있는 사람이랑 대화를 하느니 차라리 죽은 사람과 대화를 나누는 게 낫다고 말이다. 적어도 죽은 사람은 나를 바보 취급을 하지는 않기 때문이다. 그런데 내 앞에서 멍한 얼굴로 앉아 있다는 것은, 나를 주목할 만한 가치가 없는 사람이라고 무언중에 단언하고 있는 것이 아니고 무엇이냐.

가령 그것이 허용된다 하더라도, 정신이 산만한 사람이 과연 같이 대화를 나누는 상대의 인격이나 태도, 주위의 환경 따위를 정확히 관찰할 수 있을까? 그런 사람은 평생을 훌륭한 사람들에게 둘러싸여 있다고 하더라도 무엇 하나 제대로 해내지 못할 것이다. 물론 주위 사람들이 그 사람의 약점을 보완해주어야 하겠지만 나 같으면 사절이다. 그리고 현재 해야 할 일, 하고 있는 일에 집중을 하지 못하는 사람은 어떤 가치 있는 일도 할 수 없을 것이며, 그 누구의 대화 상대도 되지 못할 것이다.

■ 주의력 결핍의 희비극, 《걸리버 여행기》에서 배워라!

아들아, 나는 네 교육을 위해서는 뭐든 해줄 수 있지만 너를 위해서 '주의 환기인'을 고용할 계획은 없다. 그것은 지금까지의 경험상 너도 충분히 알고 있을 것이다. 주의 환기인에 관해서는 조너선 스위프트(Jonathan Swift : 1667~1745. 영국의 풍자작가)가 쓴《걸리버 여행기》를 통해 너도 알고 있을 것이다.

걸리버의 라퓨타 사람들 중에는 언제나 깊은 사색에 잠겨 있는 철학자가 있다. 그들은 주의 환기인이 발성 기관이나 청각 기관을 직접 건드려주지 않으면 말을 할 수도 없고, 사람의 말을 들을 수도 없다. 그래서 생활에 여유가 있는 집에서는 하인을 고용하여 그 일을 도맡게 하고 있다.

주인들은 주의 환기인 없이는 잠시 나돌아다니는 것도, 산책도, 이웃집 방문도 불가능하다. 사색에 잠겨 있다가 어떤 위험에 처하게 될 때면 눈꺼풀을 가볍게 건드려서 이를 알려주지 않으면 발을 헛디뎌 천 길 낭떠러지에 떨어지거나, 단단한 기둥에 부딪혀 머리가 깨질지 모르기 때문이다. 또 길을 걸으면서 사람들과 부딪치거나 사나운 개집을 발로 걷어차 봉변을 당할 수도 있다.

물론 네가 라퓨타 사람들처럼 극단적인 행동을 할 것이라고는 생각지 않는다. 너는 그들과는 반대로 아무 생각을 않고 있을 가능성이 많다. 하지만 만에 하나 정신이 산만해져서 주의 환기인이 필요한 사태가 일어나서는 안 되겠지?

03
용서받지 못할 죄, 무례!

너는 주의 환기인을 고용할 정도까지는 아니지만 가끔 산만해질 때가 있다. 산만하다는 것은 네가 상대를 바보 취급하고 있다는 것이나 마찬가지이다. 또다시 반복하지만 세상에는 아무렇게나 취급해도 좋을 정도로 생각이 없고 쓸모없는 인간은 없는 법이다. 그것은 용서받지 못할 죄, 무례를 저지르는 것이다.

이 지구상에는 다양한 종류의 사람들이 복작거린다. 그 중에는 어리석은 사람도 있고, 칠칠치 못한 사람도 수두룩하다. 그런 사람을 애써 존경하라고 하지는 않겠다. 그러나 바보 취급을 해서는 안 된다. 이유 없이 사람을 경멸하면 결과적으로 자신의 신세를 망칠 수도 있다. 마음속으로 상대를 싫어하는 거야 어쩔 수 없지만 불필요하게 그런 마음을 내색할 필요는 없다. 속마음을 내색하지 않는다고 해서 어떤 사람은 '솔직하지 못하다, 비겁한 인간'이라고 할지 모르지만 신경 쓸 필요없다.

왜냐하면 살다보면 네가 경멸했던 사람이 네가 어려움에 처해 있을 때 힘을 줄 수도 있기 때문이다. 그런 상황에 맞닥뜨렸을 때, 네가 과거에 상대를 얼간이 취급을 한 적이 있었다면 상대는 끝내 너를 외면하고 말 것이다. 모욕을 당한 사람은 시간이 지났다고 해서 용서하지 않는다. 모든 사람에게는 '자존심'이라는 것이 있어서, 그 자존심은 언제까지고 자신이 얼간이 취급당한 사실을 기억한단다.

'얼간이 취급 당한다'는 것은 자신의 약점이나 결점을 숨기고 싶은데, 상대가 약한 부분을 건드려 크게 상처를 받아 일어나는 현상이다. 당사자는 무척 괴롭지. 실제로 자신의 실수를 친구들에게 고백하기는 어렵지 않지만 자신의 약점이나 결점을 고백하는 것은 쉬운 일이 아니다.

그와 마찬가지로 가벼운 잘못을 지적해 줄 수는 있어도, 이쪽의 어리석음을 노골적으로 지적하는 것은 쉽지 않다. 자기의 결점을 자기 스스로 말을 하면 문제가 없지만 남으로부터 지적을 받을 경우 자존심이 크게 상할 수 있다.

사람이라면 누구나 약간의 모욕을 느끼면 그것에 분개할 만큼의 자존심은 가지고 있다. 그러므로 평생의 원수를 만들고 싶지 않거든, 제아무리 야비한 짓을 하더라도 자존심을 정면으로 건드리는 것은 삼가도록 하여라.

■ 부주의한 한 마디가 평생의 원수를 만든다

가끔은 주위 사람을 즐겁게 하기 위해서, 또는 시시한 우월감을 보여주고 싶어서 남의 약점이나 단점을 폭로하는 젊은이를 보게 하게 된다. 제아무리 장난이라도 이런 행동은 절대 해서는 안 된다. 그런 유혹은 결단코 이겨내야 한다. 그런 장난은 당시야 사람들을 즐겁게 할지 모르지만 네가 약점을 건드린 친구와 평생 원수지간이 될 수가 있다. 그리고 같이 웃었던 친구들 중에는 그 일을 떠올리며 너에 대해 꺼림칙한 생각을 하게 될 것이다. 자신도 그같은 일을 당할 수 있다고 생각하기 때문이다. 그리하여 그들도 너를 멀리 할 것이다.

그리고 그런 장난은 무엇보다도 사람의 품위를 떨어뜨린다. 인격자라면 남의 약점이나 불행을 안타까워하지 공개적으로 떠들어대지 않는다. 만일 너에게 기지가 있다면 그 기지는 남의 마음에 상처를 주는 일이 아니라 남을 유쾌하게 하는 데 이용하도록 해라.

04

지능이 낮은 자의 해방구, 거짓말

아들아, 8일자 소인이 찍힌 너의 편지를 받았다. 로마 가톨릭 교회에 관해 네가 꾸며낸 이야기를 듣고, 그것을 맹신하고 있는 신도들을 보고 놀란 기분은 잘 알겠다. 그러나 아무리 잘못된 일이라도 본인들이 그것을 진실인 양 믿고 있는 한은 절대 비웃거나 책망을 하면 안 된다.

분별력이 흐려서 제대로 판단력을 잃은 사람은 불쌍한 사람이다. 웃음거리가 될 만한 일이나 책망받을 만한 일을 해서 그렇게 된 것은 아니니 따뜻한 마음으로 대해주고, 될 수 있으면 대화를 통해 올바른 방향으로 인도해주어라. 다시 한 번 당부하지만 절대 그들을 비웃거나 책망해서는 안 된다.

인간은 누구나 자신의 생각을 기준으로 행동하는 법이다. 따라서 타인의 생각이 자신과 다르다고 트집을 부리는 것은 상대의 몸집이 자신과 똑같지 않다고 트집 부리는 것처럼 어리석고 교만한 짓이다. 대부분의 사람들은 자신의 생각이 가장 옳다고 생각하며 살아가는 법이다. 정말 누가 옳은지를 알고 있는 자는 오직 하느님뿐이다.

■ 어디서나 떳떳하게 행동해라

거짓말처럼 죄가 크고 비열하고 어리석은 행동은 없다. 사람이 거짓말을 하는 심리는 누군가에 대한 적대감과 비겁함, 허영심이 어우러져 생겨난 것인데, 어떤 경우든 목적이 달성되는 일은 없다. 제아무리 감쪽같이 속였다 할지라도 거짓말은 결국 들통이 나게 마련이니까.

예를 들어 누군가의 행운이나 덕행을 시샘하여 거짓말을 했다고 하자. 확실히 얼마간은 상대에게 상처를 줄 수도 있을 것이다. 그렇지만 결국 가장 고통을 받는 사람은 거짓말을 한 당사자다. 대개는 들통이 나고 마는 이 거짓말에 가장 치명적인 부상을 당할 사람은 거짓말을 한 당사자이기 때문이다. 게다가 그런 일이 있고 나면 그 당사자가 제

아무리 정확한 비판을 한다 하더라도 모두가 단순한 험담이라고 치부해버릴 것이다. 이보다 더한 손해가 있을까?

또 자신의 말과 행동에 대한 변명이나 명예가 손상되고 창피를 당할까 두려워 거짓말(어차피 거짓말이나 변명은 똑같은 것이다)을 했다고 가정해보자. 이 역시 얼마 안 가 자신이 한 거짓말과 그 원인이었던 불안 때문에 도리어 불명예를 당할 게 뻔하다. 당사자는 자신이 저급하고 비열한 자라는 것을 거짓말을 통해 명백히 증명을 한 것이나 다름없기 때문이다. 주위 사람들이 그런 눈으로 자신을 본다고 해도 감수할 수밖에 없다.

만일 어쩌다가 잘못을 저질렀다는 것을 알았을 때는 거짓말을 하여 그것을 덮어놓기보다는 정직하게 시인해버리는 편이 떳떳하다. 그리고 그렇게 하는 것이 속죄와 용서를 구하는 유일한 방법이기도 하다.

자신이 저지른 과오나 무례한 행동을 숨기려고 변명을 하거나 속이거나 하는 행위는 비열함의 극치를 보여준다. 게다가 그 사람이 무엇을 두려워하고 있는지 확연히 알 수 있게 된다. 내가 살아오면서 보아온 대부분의 거짓말은 결국은 들통이 났다.

네가 양심이나 명예에 상처를 받지 않고 반듯한 사회인으로 살아가고 싶거든 거짓말을 하지 말고 떳떳하게 살아라. 이 말은 네 눈에 흙이 들어가는 날까지 명심해두어라. 그렇게 사는 것은 인간으로서의 의무이며, 자기에게 이득을 가져다준다. 너도 깨닫고 있겠지만 대부분의 어리석은 사람은 거짓말을 한단다. 나는 상대가 어느 정도의 거짓말을 하는가로 지능 정도를 측정하고 있다.

05
쾌활 & 위엄

아들아, 오늘은 인간에 관해, 인간의 성격과 태도에 관해, 그리고 그들이 만들어내고 있는 사회에 관해 알아보자. 이 주제는 나이가 들어서도 생각해볼 만한 가치가 있는 일이다. 그러나 너같은 젊은이로서는 좀처럼 얻기 어려운 지식이다.

이처럼 중요한 인생의 지혜를 그 누구도 젊은이들에게 가르쳐주려 들지 않는 것에 대해 나는 많은 의문을 가지고 있다. 그처럼 중요한 일을 그 누구도 자기가 해야 할 역할이 아니라고 생각해서일까?

교사들이나 교수들도 그렇다. 그들은 자신들이 맡은 학과목만 가르칠 뿐이지 그 이외의 것, 즉 실생활에 필요한 지혜 같은 것은 전혀 가

르치려 들지 않는다. 사실은 가르칠 수 없어서 못 가르치는지도 모른다. 그것은 부모 역시 마찬가지다. 부모들은 어떻게 가르쳐야 할지 몰라서인지, 아니면 생활에 쫓기고 있어서 그런지, 무관심해서 그런지 두 손 놓고 있다. 과격한 부모 중에는 자식을 사회에 내팽개치는 것이 가장 효과적인 교육이라고 생각하는 사람도 있다. 어떤 면에서는 그것도 부인할 수 없는 방법이긴 하다. 아닌게아니라 세상일은 이론만으로는 불가능한 게 현실이니까.

그렇지만 젊은이가 미로투성이의 땅에 발을 들여놓기 전에 그곳을 지나간 적이 있는 경험자가 어디에 지뢰밭이 있는지 대략의 약도를 그려서 넘겨준다면 젊은이는 훨씬 안전하게 미지의 땅을 지날 수 있을 것이다. 그래야만 곳곳에 있는 지뢰를 피해 갈 수 있겠지?

■ **제대로 평가받는 사람과 자신의 가치를 평가받지 못하는 사람의 차이**

자, 그럼 본론으로 들어가보자. 아무리 훌륭한 사람이라도 다른 사람으로부터 존경을 받기 위해서는 나름대로 위엄을 지녀야 한다.

아무데서나 야단법석을 떨거나 시시덕거리고, 또 큰 소리로 바보스럽게 웃거나 농담을 하고, 분위기에 맞지 않게 익살스러운 짓을 하거나, 당혹스러울 정도의 붙임성이 있는 사람이 있다. 이런 행동을 하는 사람은 위엄이란 보물을 영혼에서 떼어낸 것이나 마찬가지다. 경박한 태도를 취한다면 제아무리 풍부한 지식과 높은 인격을 갖고 있다고 하더라도 존경을 받는다는 것을 포기해야 한다. 존경은커녕 사람들로부터 업신여김을 당할 것을 각오해야 한다.

적당하게 쾌활한 사람은 보기가 좋지만 지나치게 쾌활한 사람이 존경을 받은 예는 이제까지 없었다. 게다가 당혹스러울 정도의 붙임성은 손위 사람을 노하게 만들고, 동료들로부터는 아첨꾼, 또는 꼭두각시라는 험담을 듣게 된다. 또한 자신보다 지위가 낮은 사람에게 지나치게 붙임성 있게 행동하면 상대방은 이를 오해하여 대등하게 교제하려고 할 것이며, 거절하기 어려운 요구를 해올 수도 있다.

농담도 그렇다. 어쩌다 한 번도 아니고 시도 때도 없이 싱거운 농담만 하는 사람은 자칫 어릿광대처럼 보일 수가 있다. 농담은 사람들이 감복하는 기지와는 거리가 멀기 때문이다.

이런 것들은 결국 자기 본래의 성격이나 태도와는 관계없는 것으로, 약간 흥분 상태에서 나타난다. 싱거운 농담으로 상대의 마음을 흔들어 순간적으로 동료로 받아들여지거나 인기를 끄는 사람은 긴밀한 우정

관계는 포기해야 한다. 적당히 이용만 당할 뿐이다.

젊은이들은 자주 이런 말을 한다. '쟤는 노래를 잘하니까 우리 팀에 끼워주자' '춤을 잘 추니까 나이트클럽에 같이 가자' '농담을 잘 하니 같이 식사하자'는 등의 말을. 하지만 진정한 마음의 교류가 없이 식사나 노래, 춤 같은 것으로 인간 관계가 성립될 수 있을까? 얼마 안 가 '그 애를 부르는 것은 그만두자' '무슨 게임에든 쉽게 깊이 빠져버리니까' 혹은 '과음하니까' 등등의 이유로 뜨겁던 우정은 식어버릴 것이다.

잘 논다는 것을 단순히 칭찬이라고 생각하고 기분 좋아할 일은 아니다. 전혀 다른 성질의 사람을 만났을 경우 바보 취급을 당할 수도 있다. 왜냐하면 이러한 사람은 한 인격체로서 정당한 대접을 받지 못하는 것은 물론 존경도 받지 못할 것이 뻔하기 때문이다.

단 한 가지 이유만으로 조직의 일원으로 받아들여지는 사람은 그 장기 이외의 존재 가치는 없는 것이다.

■ 어떤 상황에서도 신중함을 잃지 마라

그렇다면 어떤 태도가 위엄이 있는 태도일까? 위엄 있는 태도란 거만한 것과는 분명히 다르다. 거만하게 뽐내는 것은 진정한 용기가 아니다.

사실 거만한 태도만큼 품위를 떨어뜨리는 것도 없다. 거만한 사람의 자부심은 사람들에게 분노를 불러일으키는 것과 동시에 비웃음과 멸시를 사기도 한다. 그들은 대체로 '거만함'이란 물건에 터무니없이 비싼 값을 매겨 강매하려는 장사꾼이나 다름없다. 그런 장사꾼에게서 물건을 살 때는 물건값을 대폭 깎는다. 그러나 정당한 값을 받고 물건을 파는 장사꾼에게는 물건값을 깎으려고 하지 않는다.

위엄은 무턱대고 하는 아첨에서 탄생하지 않는다. 또 팔방미인처럼 행동한다고 해서 생겨나는 것도 아니다. 그리고 무엇이든 거역하는 것에서도, 시끄럽게 시비를 붙인다고 해서 만들어지는 것이 아니다.

위엄은 자기 의견을 겸손하고 명확하게 말하는 데서 발아하며, 다른 사람의 말을 기분 좋게 들어주는 데서 싹이 튼다.

위엄은 밖으로부터 부여할 수도 있다. 얼굴 표정이나 동작에 진지한 분위기를 감돌게 하면 위엄이 있어 보인다. 또한 행동에 생동감이 넘치고 고상한 밝음이 있어도 위엄이 생긴다. 그런 것들은 원래 존엄을 느끼게 하는 법이다. 이와는 반대로 이유 없이 히죽히죽 웃는 태도나 침착성이 없는 몸놀림은 경솔한 느낌을 준다.

인위적으로 외적인 위엄을 만들어낼 수 있다고 하지만 항상 당하고 사는 사람이 아무리 몸부림친들 용기 있는 인간으로는 보이지 않는 것

과 마찬가지로, 악이 몸에 배어 있는 사람은 제아무리 위엄 있게 행동
하려고 해도 우스꽝스러울 뿐이다.

그러나 그러한 사람이라도 예의 바르고 당당하게 행동하면 조금은
영락하는 속도가 늦추어질지도 모른다.

들려주고 싶은 것은 많지만 나머지는 키케로(Cicero : B.C. 106~
43 로마의 정치가이자 웅변가)의 《안내서》나 《예의범절 편람》 같은 책
을 정독해보기 바란다. 할 수만 있다면 이런 책은 암기하여 자신의 것
이 되게 하여라. 이 책들에는 위엄을 몸에 지니기 위해서는 어떻게 해
야 하는지 상세하게 나와 있다.

제3장

"

최고의 인생을 위한 준비

"

{ 일이든 놀이든 최선을 다하라. }

인생에서 가장 큰 기쁨은 세상 사람들이

'너는 할 수 없다'고 말하는 것을 해내는 것이다.

W. 배젓(1826~1877. 영국의 경제학자 · 정치 분석가)

01
젊음은 잠깐이다. 시간을 아껴라

아들아! 진정 돈을 지혜롭게 쓰는 사람을 찾기란 쉽지 않다. 그러나 그보다 더 찾기 어려운 것은 시간을 슬기롭게 쓰는 사람이다. 너는 시간을 슬기롭게 쓰는 것이 재물을 슬기롭게 사용하는 것보다 중요하다는 것을 꼭 알았으면 싶다.

나는 네가 돈과 시간을 지혜롭게 사용할 줄 아는 사람이었으면 싶다. 너도 이제 시간과 돈의 중요성을 인식해야 할 나이이다. 하긴 젊은 시절에는 시간이 한없이 있을 것 같지. 천하 태평으로 지내도 시간이 남아돌 것 같은 시기가 바로 청년기이다. 그러나 이는 막대한 재산을 한순간에 탕진해버리는 것과 마찬가지며, 이 사실을 깊이 깨달았을 때

 는 이미 때가 늦어 이러지도 저러지도 못하는 상황을 맞게 된다.

지금은 고인이 되어 세상을 떠나고 없지만 윌리엄 3세, 앤 여왕, 조지 1세 시대에 이름을 떨쳤던 라운즈 재무장관은 생전에 곧잘 이런 말을 했다.

"1펜스를 우습게 생각해서는 안 된다. 1펜스를 우습게 생각하는 자는 1펜스에 울 것이다."

이 말은 정말이지 의미 있는 말이다. 그는 이를 몸소 실천하였다. 그리하여 자손들에게 막대한 재산을 남길 수 있었다.

이는 그대로 시간에 적용하여 생각해볼 수 있다. 1분을 우습게 생각하는 자는 1분에 울 것이다. 따라서 10분 20분도 소홀히 해서는 안 된다. 이까짓 15분쯤이야 하고 소홀히 한다면 하루에 몇 시간을 낭비하게 된다. 그것이 1년간 쌓이면 상당한 시간이 된다.

■ 자투리 시간을 잘 활용하는 법

자, 네가 12시에 누군가와 만나기로 했다고 가정하자. 너는 11시에 집을 나와서 친구 두 사람의 집을 방문할 생각을 갖고 있다. 그런데 그 중 한 친구가 집에 없다. 그렇게 되면 넌 어떻게 할 것이냐? 빵집이라도 가서 시간을 때울 참이니?

　나 같으면 이렇게 할 것이다. 일단 집으로 돌아가 편지를 쓸 것이다. 그렇게 하면 다른 사람과 만나기로 약속한 장소에 갈 때 그 편지를 우체통에 넣을 수 있으니까 말이다.

　편지를 다 쓰고 나서도 아직 시간의 여유가 있을 경우에는 책을 집어 든다. 시간이 짧기 때문에 데카르트(Descartes : 1596~1650. 프랑스의 철학자)나 말브랑슈(Malebranche : 1638~1715. 프랑스의 철학자)나 로크(Locke : 1632~1704. 영국의 철학자)나 뉴턴의 저서와 같이 이해하기 어려운 책은 그럴 때 적합하지 않다. 차라리 호라티우스(Horatius : B.C. 65~8. 로마의 시인)나 부알로, 와라의 저서 같은 짧막하고 지적이며, 재미있는 것이 좋을 것이다. 이렇게 해서 시간을 효과적으로 사용한다면 짧은 시간에 많은 일을 할 수 있을 것이다. 그리고 최소한 따분하게 시간을 보내지는 않을 것이다.

　세상에는 아무 하는 일 없이 빈둥거리며 시간을 보내는 사람이 많다. 긴 소파에 누워 늘어지게 하품을 하면서 "뭔가를 시작하기에는 시간이 좀 모자라고……"라고 말한다. 그러나 이런 유형의 인간은 시간이 충분히 있어도 일을 시작하지 않는다. 결국 아무것도 하지 않고 늙어갈 것이 틀림없다. 한심한 사람이라고 생각할 수밖에 없다. 이런 사람은 무덤에 들어가는 순간까지 빈둥거리며 시간을 보낼 것이다.

네 나이 때는 한가로이 시간을 보내는 것을 절대 허용해서는 안 된다. 내 나이가 되었을 때 비로소 그것이 허용된다. 말하자면 너는 사회라는 곳에 얼굴을 조금 디밀었을 뿐이다. 결단한 것은 바로 실행에 옮기고, 근면하고 끈기가 있어야 한다.

앞으로 수년간이 너의 전 생애에 어떤 영향을 미칠 것인지 생각해보아라. 그 사실을 바로 직시한다면 너는 단 1분도 헛되이 시간을 흘려보내지는 못할 것이다.

그렇다고 온종일 책상에 붙어 있으라는 말은 아니다. 네가 종일 책상 앞에 앉아 있길 원하다니, 내가 바보니? 다만 뭐든 좋으니 무엇인가를 하고 있다는 사실이 중요하지 않을까? 2,30분을 하찮게 여기고 빈둥거리게 되면, 1년으로 환산하면 상당한 시간을 허비하게 된다.

이를테면 하루 중에도 공부하는 시간과 휴식 시간 사이에 자투리 시간이 있지 않느냐. 그럴 때 멍하니 공상에 잠겨 시간을 보내지 말아라. 무슨 책이든 좋으니 집어 들고 흥미를 갖고 읽다보면 너의 지식이 된다. 비록 콩트집 같은 시시한 책이라도 읽지 않는 것보다는 훨씬 낫다.

■ '자투리 시간'을 최대한 활용한 사나이 이야기

내가 아는 사람 중에는 시간 활용을 매우 지혜롭게 하는 사람이 있다. 짧은 자투리 시간도 어영부영 보내지 않는다. 이 사람은 화장실에서 용변을 보는 시간까지도 매우 유용하게 이용하는 사람이다. 그는 용변을 볼 때마다 고대 로마 시인의 작품을 모조리 독파해버렸다. 호라티우스의 시를 읽을 때는 문고본을 사 와서 그걸 찢어서 읽는다. 다 읽고 난 것은 그대로 크로아카(Croaka) 여신에게 예물로 바친다. 즉 버리고 오는 것이다.

이런 방법은 굉장히 효과적인 시간 관리라고 생각되지 않느냐? 너도 한번 실행해 보렴. 그저 가만히 앉아 있으니 말이다. 게다가 이렇게 읽은 책의 내용은 언제나 네 기억 속에 강렬하게 남아 있을 것이다.

물론 아무 책이나 닥치는 대로 읽으라는 것은 아니다. 내용이 난해한 과학 관련 서적 같은 것은 아무 데서나 읽기는 무리다. 그러나 철학서 같은 것은 몇 페이지씩 찢어서 읽어도 충분히 의미가 통하고 유익한 내용이니 무리가 없지 않을까.

짧은 시간이라도 이처럼 효과적으로 사용하면 어느 순간 굉장한 일을 했다는 뿌듯함을 느낄 것이다. 그러나 그런 자투리 시간들을 어영부영 보내고 나면 먼 훗날 아무것도 한 일 없이 시간만 보냈다는 걸 느끼게 된다. 그러므로 너는 순간순간을 의미 있게 사용하여라. 할 일이 없을 때 이런 건 어떠니? 재미있다고 생각하는 소비 방법을 생각해보는 것!

이것은 공부에만 한정된 것은 아니다. 노는 것도 아주 중요한 것이라고 이미 말하지 않았느냐. 인간은 놀이를 통해 성장하고 제몫을 하는 성인이 되어 간다. 뽐내는 태도나 가식적인 태도를 버리고 참 나를 찾는 방법을 놀이가 가르쳐준단다. 그러므로 놀 때 생각 없이 빈둥거릴 게 아니라 정신을 집중시켜 열중하기 바란다.

■ 일의 순서를 지켜라

사업을 하거나 사무를 보는 것은 마술 같은 능력이나 특수한 재능이 필요치는 않다. 일의 순서와 근면함과 분별력이 있으면, 재능은 있지만 일의 순서를 모르는 사람보다 훨씬 유리하다.

이제 너도 사회인으로서 첫발을 내디딘 지금 모든 일에 체계를 세워 추진하도록 해라. 먼저 순서를 정하고, 그것에 따라 일을 추진하는 것이야말로 일을 능률적으로 해내는 최고의 비결이다. 모든 일에 시간을 배분해라. 책을 읽는다든지 글을 쓴다든지 하는 시간 말이다. 그렇게

함으로써 발생되는 시간의 절약과 일의 진척에 놀랄 것이다.

말버러(Marlborough : 1650~1722. 영국의 군인) 공작은 정말이지 1분 1초도 헛되이 보내지 않는단다. 똑같은 1시간 동안에 그는 보통 사람의 몇 배나 되는 일을 해치운단다. 뉴캐슬(Newcastle : 1592~1676. 영국의 장군. 왕당파의 사령관으로 전쟁에 패배하자 유럽으로 망명함) 공작의 당황해하는 모습은 일 때문이 아니다. 일의 질서, 순서가 뒤바뀌어 있었기 때문이다. 로버트 월폴(Robert walpole : 1676~1745) 전 총리는 남보다 10배나 되는 일을 하면서도 늘 침착하다. 일을 하는 순서가 정해져 있기 때문이다.

아무리 능력이 있는 사람이라도 일의 순서를 지키지 않으면 머릿속이 혼란을 일으켜 제대로 일을 수습하지 못한다.

너는 게으른 편이다. 이제 좀 분발해주기 바란다. 긴장감을 갖고 2주간이라도 좋으니 일을 하는 방법과 순서를 찾아보아라. 실제로 일을 해보면 미리 정해놓은 순서대로 일을 추진하는 것이 얼마나 편리하고 효과적인지 금세 알 수 있을 것이다. 그러다 보면 순서가 정해져 있지 않는 일은 절대 할 수 없을 것이다.

02
젊은이가 빠지기 쉬운
놀이의 함정

지나친 놀이와 오락은 대부분의 젊은

이들이 인생을 항해하면서 한번쯤은 부딪히는 암초 같은 것이다. 돛에

바람을 가득 안고 바다 한가운데로 출범한 것까지는 좋았지만, 정신을

차려보니 방향을 확인할 나침반도, 키를 잡는 데 필요한 지식도 없다.

이래서는 목적했던 항해의 기쁨을 만끽할 방법이 없을 것이다. 그러기

는커녕 영광의 상처를 안고 비틀거리면서 항구로 되돌아오는 것이 고

작 아니겠느냐.

사실 나는 금욕주의자처럼 즐거움을 피하라고 하거나 목사처럼 쾌

락에 빠져서는 안 된다고 설교하고 싶지는 않다. 오히려 반대로 쾌락

주의자에 가까워 여러 가지 놀이보따리를 끌러보이며 마음껏 놀라고 독려하고 싶다.

정말이다. 맘껏 놀아라. 나는 옆에서 항로를 이탈하지 않도록 안전하게 지도해줄 생각이다.

넌 어떤 일을 할 때 진정 기쁨을 느끼느냐? 맘이 맞는 친구와 큰돈을 걸지 않는 카드놀이? 쾌활하고 품위를 갖춘 친구들과 식탁에서 나누는 느긋한 대화? 여러 가지 상식이 풍부한 사람과 함께 있으면서 정보를 얻는 것?

나를 친구라고 생각하고 뭐든 말해보렴. 나는 너의 사생활을 일일이 간섭할 생각은 추호도 없다. 단지 인생의 길잡이로서 놀이에의 교량 역할을 해주고 싶다.

■ 순간적인 쾌락에 몸을 맡기지 마라

젊은이는 자칫 자신이 원하는 기호와는 상관없이 순간적인 쾌락에 빠지기 쉽다. 극단적인 경우, 무절제가 놀이의 극치라고 생각하는 사람조차 있다.

너는 어느 편이냐? 예를 들자면 술은 심신에 악영향을 끼치지만 훌

류한 휴식 방법이라고 생각하고 있는 건
아니니? 도박도 때로는 주머니를 빈털터
리로 만들어 마음이 흉포해지기는 하지
만 재미있는 것은 확실하지 않니? 여자의 꽁
무니를 따라다니는 것도 최악의 경우 코가 이지러지거나 조금 건강을
해치는 정도이지, 온몸이 망가지지는 않을 것이라고 생각하겠지?

　너도 알고 있겠지만, 앞에 열거한 것들은 모두 정신을 황폐화시키는
놀이들이다. 그런데 이런 놀이들이 많은 젊은이들의 마음을 사로잡고
있는 것이 문제다. 그들은 깊이 생각지도 않고 사람들이 오락이라고
부르는 것을 그대로 받아들인다.

　네 나이에는 놀이에 열중하는 것이 지극히 당연하고, 또 놀고 있는
모습이 아주 어울릴 때다. 그렇지만 이때 가치관이 제대로 자리잡지
못하면 인생의 나침판이 너를 비극으로 몰아세울 염려가 있다. 잘 노
는 한량이 젊은이들의 눈에는 멋지게 보일 테지만 그들은 과연 자신의
종착역이 어딘지 알고 있을까?

　옛날 이야기지만 그와 관련된 확실한 예가 있다. 어떤 젊은이가 멋
진 한량이 되어보려고 몰리에르(moliere : 1622~1673 프랑스의 희극
작가)의 번역극 《영락한 방탕자》를 보러 갔다. 주인공의 방탕 행위에
매료된 이 한량 지원자는 자기도 영락한 방탕자가 되기로 결심한다.

그러자 주위의 친구들이 '영락한'은 닮지 말고 '방탕자'만으로 만족하라고 설득했지만 그는 의기양양하게 이렇게 말했다고 한다.

"무슨 소리, 영락한이 붙지 않는 방탕자가 무슨 의미가 있단 말이지? 바보 같으니라고, 영락한이 붙지 않는 한량은 완전한 한량이라고 할 수 없어."

정말 '어이가 없다'고 생각할지 모르지만 이것이 사실은 많은 젊은이들의 현실인 것이다. 겉모습에만 사로잡혀서 깊이 생각지도 않고 닥치는 대로 아무 데나 뛰어드는 것이 젊은이들의 속성이다. 그리고 결국은 영락해버리고 마는 것이다.

■ 목적을 갖고 놀이를 하라

아들아, 고백하기 부끄럽지만 네게 참고가 될 것 같아 나의 체험담을 이야기하겠다. 나 역시 혈기왕성한 젊은이였으므로 스스로의 기호와는 상관없이 '놀기 잘하는 한량'으로 보이는 것에 가치를 발견한 어리석음을 저질렀다. 그래, 어리석음이 나의 내면 세계를 지배하는 동안 놀기 잘하는 한량처럼 보이기 위해 진탕 술을 마셨고, 마시고는 기분이 엉망이 되고, 그리고는 숙취에서 깨어나지 못해 또 마시는 악순

환을 지루하게 되풀이했다.

도박도 비슷한 상황을 연출했다. 돈에 대해 부족함을 느끼지 못했기 때문에 돈이 필요해서 내기를 한 적은 없었다. 그러나 어리석음이 나를 지배하는 동안 도박을 한다는 것이 신사의 기본 조건쯤으로 생각했다. 그래서 시간만 나면 그런 자리에 끼어들었다. 하지만 마음 한구석에서는 늘상 '이게 아닌데'라는 생각을 했다. 부끄럽게도 인생에서 가장 황금기라 할 수 있는 기간을 도박에 질질 끌려다니며 보냈다.

비록 잠시 동안이긴 하지만 동경하는 인간상(?)에 접근하기 위해 술이며 도박에 찌들어 있었으니 새삼스럽게 부끄러움을 느낀다. 그러나 어느 순간, 내가 잘못된 길을 걷고 있다는 사실을 발견하고 나를 방탕의 세계로 내모는 한심한 행위들을 중단했다. 미래를 생각하니 그때야 비로소 무서운 생각이 들었던 것이다.

일종의 유행병에 내 몸을 맡긴 대가로 나는 참된 즐거움을 갖는 시간을 뺏겼다. 재산도 없어지고 건강도 나빠졌다. 나는 그 모두가 하느님의 벌이라고 생각한다.

나의 고백을 읽는 동안 너는 뭘 느꼈느냐? 나는 네가 진정 가치 있는 즐거움을 선택했으면 한다. 어떤 놀이든 무작정 휘말려서는 안 된다. 주위의 친구들이 모두 그렇게 한다고 해서 너까지 휘말릴 필요는 없다. 먼저 현재 네가 즐기고 있는 놀이에 어떤 것들이 있는지 생각해

보아라. 그리고 그 놀이를 지속적으로 한다면 어떤 일이 발생할지 생각해보아라. 꼼꼼히 점검해보고 난 후 그 놀이를 지속할 것인지 그만둘 것인지 결정하여라.

■ '즐겁게 보이는 것'과 '진정 즐거운 것'

만약 내가 너의 나이가 되어 새롭게 인생을 산다면 어떤 식의 삶을 살 것인가 생각해보았다. 그런 시간이 주어진다면 즐겁게 보이는 일을 하는 것이 아니라, 진정 즐거운 일을 하고 싶다. 그 중에는 마음에 맞는 친구와 식사를 하거나 술을 마시거나 하는 일도 물론 포함된다. 그렇지만 과식이나 과음으로 육체를 괴롭히는 일은 하지 않겠다.

너는 결코 다른 사람을 의식해서 살 필요는 없다. 하지만 자기 방식만을 강요하거나 상대를 비난하여 미움을 살 것까지는 없다. 타인은 타인일 뿐이므로 내가 어찌할 수 없는 존재다. 아무리 상황이 나빠도 자기의 건강만은 스스로 컨트롤을 해야 한다. 건강이 나빠지면 어떤 일을 하는 것도 불가능하다.

때로는 도박도 해라. 고통을 받기 위해서가 아니라 즐기기 위해서! 적은 돈을 걸고 여러 부류의 친구들과 즐기는 거다. 젊은 시절, 그런 환경을 경험하는 것도 중요하다. 단지 내기에 거는 돈의 액수는 신중하게 정해라. 이기든 지든 간에 생활에 지장을 주면 안 되겠지?

도박은 생활비를 절약하여 수습할 정도의 범위 안에서만 해라. 노름으로 이성을 잃고 전 재산을 다 잃고는 싸움질을 하는 걸 수없이 보지 않았느냐? 모두 원칙을 어겨서 그렇다.

거듭 당부하지만 독서에 시간을 할애해라. 그리고 분별력 있는 교양인과 대화를 나누는 시간을 가져라. 가능하면 자신보다 뛰어난 사람을 선택하여 대화하는 것이 좋다.

그리고 남녀를 불문하고, 사교계 사람들과의 교제 범위를 넓혀라. 대화의 내용이 그다지 충실하지 않을 때도 있겠지만 함께 있으면 순수해지고 기운도 난단다. 게다가 대인 관계에 대한 매너 등 보고 배울 게 많다.

내가 너의 나이에서부터 다시 인생을 산다면 앞에 언급한 것처럼 적절히 즐기면서 살고 싶다. 분별력을 갖고 있다면 얼마든지 그것이 가능하다. 게다가 이러한 것들이야말로 진정한 삶의 즐거움이 아닐까. 삶의 진정한 즐거움을 알고 있는 사람은 유흥으로 신세를 망치는 일이 없다. 분별력이 없기 때문에 유흥을 진정한 즐거움이라고 생각한단다.

그 증거로 인품을 갖춘 사람이 날이면 날마다 술에 엉망진창으로 취하여 몸을 제대로 가누지 못하는 사람과 친구가 되고 싶은 마음이 있을까? 감당할 수 없을 정도의 큰 돈을 내기에 걸어 왕창 잃고 머리칼을 쥐어뜯으며 돈을 따간 사람을 욕하는 사람과 친구가 되고 싶은 사람이 있을까? 방탕 생활 끝에 매독으로 코가 반쯤 떨어져 나가고, 다리를 질질 끌고 다니는 사람과 친구가 되고 싶은 사람이 있을까?

인품을 제대로 갖추었다면 절대 이런 사람과 친구가 되고 싶은 사람은 없을 것이다. 방탕에 빠져, 그것이 멋진 생활인 양 착각하고 있는 자를 매력적인 사람이라고 받아들일 사람은 아무도 없다. 설사 받아들인다 해도 기분 좋게 받아들이지 않을 것이다.

놀이를 진정 즐기는 사람은 품위를 잃는 일이 없다. 또한 악덕을 모범으로 삼거나 일부러 악을 행하려 하지도 않는다. 어쩌다 자신도 모르게 부덕한 행위를 할 수밖에 없는 상황과 맞닥뜨리면 대상을 선택하여 남이 모르게 자연스럽게 해라. 이럴 경우 일부러 악행을 뽐내보일 필요는 없다.

03
놀 때는 놀고
공부할 때는 공부하라

아들아, 노는 것은 매우 즐겁다. 그러니 너에게 맞는 놀이를 찾아내어 맘껏 즐겨야 한다. 그러나 남의 흉내를 내는 것은 금물이다. 너의 가슴에 손을 얹고 생각해보아라. 무엇이 진정 즐거운가를.

자신의 취향은 생각지도 않고 아무 곳에나 기웃거리는 사람이 있는데, 그런 사람은 진정한 기쁨을 누릴 수 없다. 그런 뜻에서 고대 아테네의 장군 알키비아데스(Alkibiades : B.C. 450~B.C. 404. 아테네의 장군이자 정치가)는 완벽하게 이를 양분했다. 그는 누가 보아도 창피를 모를 정도의 방탕한 짓을 했지만 자신이 맡은 일을 완벽하게 해냈다.

카이사르 역시 일과 놀이에 시간을 균등하게 배분함으로써 두 가지 모두에서 성공을 거둔 인물이다. 현실적으로 수많은 로마의 여성들과 간통 상태에 있었지만, 학자로서, 웅변가로서도 최고였으며, 지도자로서의 자질 역시 로마 역사상 추종을 불허하는 존재가 아니었던가 말이다.

놀기에만 치중하게 되면 금세 싫증을 느끼게 되고, 그것이 사람을 황폐하게 만든다. 알키비아데스나 카이사르는 즐겁게 놀되 일에 몰입할 때는 최선을 다했기 때문에 걸출한 인물로 역사에 남았다. 뚱땡이 대식가나 얼굴이 창백한 주정뱅이, 혈색이 나쁜 호색가는 자신이 하고 있는 일을 진심으로 즐기지 못하고 있는 것이다. 이런 사람들은 사이비 신에게 자기의 정신과 육체를 바치고 있는 것이다.

정신 수준이 낮은 사람은 약간의 돈만 생기면 쾌락만을 좇고, 품위와 먼 생활을 하게 된다. 한편 양식이 있는 사람들은 좀더 건전하며 위험이 적은 놀이를 한다.

인품과 양식이 있는 사람들은 노는 것이 삶의 주목적이 아니라는 것을 일찌감치 간파하고 있기 때문이다. 그들은 분명하게 알고 있다. 논다는 것은 바쁜 일상에서 잠시 빠져 나와 취하는 휴식으로, 일에 대한 가벼운 포상에 불과하다는 것을.

■ 정신 활동이 왕성한 시간은 오전임을 명심하라

노는 시간과 일하는 시간은 확실하게 양분해두는 것이 좋다. 공부나 집중력을 요하는 일, 지식인이나 명사와 함께 중요한 대화를 나누어야 할 일이 있다면 오전 시간으로 정하라.

그리고 저녁 식탁에 앉아 있는 시간은 휴식이라고 생각해라. 저녁에는 특별히 바쁜 일이 없는 한 네가 좋아하는 일을 해라. 마음에 맞는 친구들과의 카드놀이도 좋다. 상대가 교양 있고 절도 있는 사람이라면 즐거운 게임을 할 수 있을 것이다. 만약 약간의 마찰이 있더라도 싸움으로 확대되지는 않을 것이다.

연극, 음악, 춤 식사 등을 마음에 맞는 친구와 같이 한다면 더할 나위 없이 만족한 저녁 시간을 보낼 수 있을 것이다. 물론 매력적인 여성에 매료돼 깊은 한숨과 함께 뜨거운 시선을 보내는 것도 자연스런 현상이다. 다만 상대가 너의 품위를 떨어뜨리거나 너를 파멸시킬 인물이 아니기를 바랄 뿐이다. 네가 상대를 매료시키느냐 그렇지 못하느냐는 너의 수완 여하에 달렸으니 잘 한번 해보라고 말하고 싶구나.

지금 내가 말한 것은 분별력을 가지고 진정 놀이를 즐기는 방법이다. 이처럼 오전은 공부나 일, 저녁에는 휴식과 함께 놀이를 즐긴다면 너는 훌륭한 사회인으로 정착할 수 있을 것이다.

매일 오전은 언제나 집중해서 공부를 반복하면 일 년 후에는 상당한 지식을 쌓게 될 것이다. 한편 저녁 시간의 친구와의 교제는 세상에 대한 폭넓은 지식을 얻게 해 줄 것이다. 아침에는 책에서 배우고, 저녁에는 사람에게서 배운다고 원칙을 정해놓아라. 이것을 제대로 실천하려면 그때는 한가하게 있을 시간은 없을 것이다.

이미 앞서 말했지만 나도 젊었을 때는 참으로 잘 놀았고, 각계각층의 사람들과 광범위하게 교제를 하였다. 나만큼 그러한 일에 시간과 노력을 쏟아부은 사람도 그다지 많지 않을 것이라고 생각한다. 혈기왕성한 젊은이다 보니 때로는 조금 지나친 적도 있었다. 하지만 어떻게든지 공부하는 시간만은 지켰다. 수면 시간을 줄이면서까지 말이다. 이것이 습관화되다 보니 전날 밤 아무리 늦게 자더라도 다음날 아침에는 반드시 일찍 일어났다. 나는 이것을 고집스럽게 지켜나갔다. 병이 났을 때를 제외하고는 40년 이상이나 이 습관이 계속되고 있다.

이 글을 읽으면서 나를 절대 놀아서는 안 된다고 강요하는 완고한 아버지는 아니라고 생각하겠지. 나는 네가 나와 똑같은 생각을 가지라고 말하지는 않겠다. 그런 의미에서는 아버지로서보다 친구로서 네게 충고했다고 생각하렴.

04
결심이 섰으면 집중하라

얼마 전 하트 씨로부터 네가 아주 열심히 공부하고 있다는 편지를 받았다. 편지를 받고 내가 얼마나 기뻤는지 아느냐? 그러나 당사자인 네가 전혀 만족감이나 기쁨을 느끼고 있지 못하다면 글쎄 생각해 볼 문제 아닐까. 사람은 만족감과 자부심이 있어야 면학에 열중할 수 있다고 생각한다.

하트 씨가 그러더구나. 네가 열심히 공부하고 있다고. 공부하는 자세가 되어 있고 이해력도 생겼으며, 이제는 응용력까지 생겼다고. 여기까지 오면 이제 즐거움만 있을 뿐이다. 그 즐거움은 노력하면 노력한 만큼 커질 거다.

■ 초인적으로 일을 처리한 드 위트 씨의 집중력

항상 귀가 아플 정도로 하는 말이니 너도 잘 알고 있겠지만 무슨 일이든 맡게 되면 오직 일에만 집중해야 한다. 그 이외의 생각을 해서는 안 된다.

그것은 일이나 공부에 한정해서 하는 말이 아니다. 놀이 역시 마찬가지다. 놀이도 공부를 할 때와 마찬가지다. 어느 쪽도 열심히 할 수 없는 사람은 진보도, 만족감도 얻지 못한다. 그때그때의 대상물에 마음을 집중시킬 수 없는 사람, 집중시키지 않는 사람, 자신이 하고 있는 이외의 일에 마음을 쓰는 사람, 그런 사람은 일도 제대로 하지 못하고, 노는 것도 시원찮다.

파티나 회식 자리에서 누군가가 머릿속으로 유클리드(기하학) 문제를 풀려 하고 있다고 상상해보아라. 그런 사람은 동료들과 함께 있어도 전혀 즐겁지 않을 것은 물론이고 또 동료들 가운데서 유달리 초라하게 보일 것이다. 혹은 서재에서 수학 문제를 풀려고 열중하고 있는데 미뉴에트 음악이 떠올라 견딜 수 없어하는 사람을 생각해보아라. 아마 그 사람은 훌륭한 수학자가 되기는 어려울 것이다.

한번에 한 가지 일에만 집중한다면 넉넉히 시간을 낼 수 있다. 그리고 짬을 내어 다른 일도 할 수 있다. 그러나 한꺼번에 몇 가지 일을 하면 1년이 지나도 제대로 된 일을 한 가지도 끝내지 못할 것이다.

법률 고문이었던 고(故) 드 위트 씨는 나랏일을 혼자 도맡아 능숙하게 처리했을 뿐만 아니라 저녁의 모임에도 언제나 참석하여 사람들과 느긋한 저녁 식사를 했다고 한다. 누군가가 "그렇게 많은 일을 처리하고 저녁 모임에 참석할 시간도 있다니 도대체 당신은 어떤 식으로 시간을 관리하고 있습니까?"라고 물었더니 드 위트 씨는 이렇게 말했다고 한다.

"그다지 어렵지 않다네. 한번에 한 가지씩 일을 한다네. 그리고 오늘 할 일은 절대 내일로 미루지 않지. 그뿐이네."

자신이 맡은 일에만 정신을 집중할 수 있었던 드 위트 씨가 대단한 사람임은 분명하다. 그렇게 할 수 있다는 것 자체가 천재라는 증거가 아닐까? 반대로 침착하지 못하고 들떠 있어 정신을 집중시키지 못하는 사람이 과연 무슨 일인들 제대로 해낼 수 있을까?

■ 매일 '오늘은 확실하게 일을 했다'고 할 수 있을까?

수많은 사람들이 종일 열심히 일을 했음에도 불구하고 잠자기 전에 생각해보면 아무것도 한 일이 없는 것 같다는 생각을 한다. 이런 사람들은 두세 시간 책을 읽는 동안에도 눈만 활자를 좇을 뿐 마음이 딴 데

가 있는 경우가 대부분이다. 그러므로 독
서 후 책과 관련된 대화를 나누
어도 그 어떤 말도 하지 못한다.
사람과 만나서 이야기하고 있
을 때도 마찬가지여서 스스로가 적극적으로 대화
에 참여하려고 하지 않는다. 대화를 나누는 상대를 보는 둥 마는 둥 하
고 이야기의 내용을 정확히 파악하고 있지도 못하다. 그들은 그 자리
의 대화와 관련 없는 일, 즉 잡생각에 빠져 있는 것이다. 아니, 차라리
멍하니 있다고 해야 옳을지도 모른다.

그리고는 무슨 생각을 하고 있느냐고 물으면, "아니, 깜박했어…"
라든가 "아, 뭔 일이 좀 있어서…" 따위의 말로 얼버무려 순간을 모면
한다. 이런 사람은 영화를 보아도 핵심 내용을 제대로 간파하지 못하
고 함께 간 사람들이나 조명 따위에만 신경을 쓴다.

너는 그러지 말아라. 사람을 만나 이야기를 나눌 때도, 공부를 하는
자세로 정신을 집중시켜라. 공부할 때는 책에 정신을 집중시키고, 그
내용을 깊이 생각하여라. 그리고 사람을 만날 때는 상대의 말에 주의
를 기울이는 것이 중요하다.

어리석은 사람들은 자기의 눈앞에서 들은 말과 일어난 일에는 전혀
신경을 쓰고 있지 않고 있다가 "일이 좀 있어서 그걸 신경 쓰느라…"

따위로 변명을 한다. 너는 절대 그러지 마라. 왜 대화 상대를 앞에 앉혀 놓고 딴생각을 하느냐 말이다. 그런 식으로 행동하려면 사람을 만나지 말아야 하지 않을까? 결과적으로 그는 '다른 일에 신경을 쓴' 게 아니라 머리를 텅 비워 두었던 게 틀림없다.

이런 유형의 사람은 노는 것에도 집중하지 못하고 일에도 집중하지 못한다. 정신이 산만하여 일을 할 수 없으면 놀기라도 해야 할 텐데 그것도 못한다. 놀면서 노는 것에 집중하지 못하면 일을 하면 좋을 것 같지만 그것도 불가능하다. 이런 사람은 놀고 있는 사람과 같이 있으면 자신도 놀아야 한다고 착각을 하고, 누군가 일을 하고 있으면 자신도 뭔가 일을 해야 한다는 강박관념에 사로잡히는 것이다.

무슨 일이든 하려고 마음을 먹었으면 완벽하게 해내야 한다. 일을 대충 할 생각이라면 차라리 시작하지 않는 편이 낫다.

중요한 것은 자기가 하고 있는 일에 집중하는 것이다. 모든 일은 할 가치가 있는가 없는가 둘 중의 하나이다. 그 중간이란 없다. 일단 '해야겠다'고 결정했으면 정신을 바짝 차리고 일에 덤벼들어야 한다.

독서 역시 그렇다. 호라티우스를 읽고 있을 때는 기록되어 있는 것이 역사적 사실을 바탕으로 씌어졌는지 생각하면서 읽고, 또 멋진 은유법이며 시적 운율을 충분히 음미하도록 해라. 독서를 하면서 절대 다른 일에 마음이 빼앗겨서는 안 된다.

　내가 당부하고 싶은 것은 이런 거다. 문학 작품을 읽고 있을 때는 생 제르맹 부인의 일을 생각해서는 안 되고, 생 제르맹 부인과 대화하고 있을 때는 책 생각을 해서는 안 된다는 것!

05
금전 철학을 몸에 익혀라

아들아, 너도 이제는 어엿한 청년이
다. 이제부터는 돈을 어떻게 규모 있게 써야 하는지 설명하겠다. 내 설
명을 듣고 보면 너도 돈을 규모 있게 쓰는 습관을 익히게 될 것이다.

나는 공부에 필요한 비용과 친구와의 교제에 필요한 용돈은 전혀 아
낄 생각이 없다. 공부에 필요한 비용은 책값과 학비 등을 말한다. 이
속에는 여행지에서 만난 좋은 사람과의 교제비도 포함되어 있다. 예컨
대 숙박비, 교통비, 의상 구입비, 고용인 비용 등도 말이다.

사람과의 교제에 필요한 돈은 물론 '지적인' 교제에 한해서이다. 예
를 들어 불쌍한 사람들을 위한 자선비용도 거기에 속한다. 또한 신세

를 진 분들에 대한 사례나 앞으로 신세를 지게 될 분에 대한 선물을 사는 데 드는 비용도 여기에 해당된다. 다양한 사람과의 교류는 비용이 들게 마련이다. 이를테면 영화, 연극 등의 관람비며 놀이 비용, 사격 따위의 게임에 드는 비용과 기타 돌발적인 사고에 대비한 비상금 등도 해당된다.

하지만 내가 절대 내놓을 수 없는 것은 시시한 싸움으로 인하여 지출되는 비용과 게으름으로 소요되는 비용이다. 현명한 사람은 자기의 명예를 손상시키는 일에 쓰이는 돈이나 자기에게 도움이 되지 않는 용도에는 돈을 쓰지 않는다. 어리석은 사람이나 그런 일에 돈을 쓴다. 현명한 사람은 돈 역시 시간을 아끼듯 한다. 단돈 백 원도, 단 일 분의 시간도 헛되이 쓰지 않는다. 자기 스스로나 타인을 위해 유익한 것, 지적인 기쁨을 얻는 것에 쓴다.

그러나 우둔한 사람은 돈을 쓰는 것 역시 우둔하다. 우둔한 사람은 불필요한 일에 돈을 쓰고 정작 필요한 일에는 돈을 쓰지 않는다. 우둔한 사람은 가게 앞에 진열되어 있는 잡동사니에 금세 현혹되어 버린다. 이를테면 코담뱃통, 시계, 지팡이의 손잡이 같은 시시한 물건들의 마력에 사로잡히게 되면 순간적으로 통제력을 잃어버린다. 이때 가게 주인과 점원은 뻔히 알고 서로 공모하여 우둔한 자를 먹잇감이라 생각하고 걸려들길 기다리는 것이다. 우둔한 사람이 정신을 차렸을 때는 온통 잡동사니가 뒹굴고 있는 집안에 앉아 있을 것이다. 당장 필요한 생활 필수품이나 안온한 휴식을 주는 물건은 찾아보기도 힘든 곳에 말이다.

■ 불필요한 지출을 삼가하라

제아무리 많은 돈을 가지고 있더라도 금전철학을 가지고 철저하게 관리하지 않으면 어느 순간 생필품을 걱정할 정도로 가난해져 버린다. 반대로 적은 돈밖에 없어도 금전철학을 가지고 유용하게 사용하면 최소한의 생활은 물론 저축까지 할 수 있다.

그리고 돈을 지불하는 방법은 될 수 있는 한 현금으로 하는 것이 좋다. 그것도 직원을 통해서가 아니라 자신이 직접 지불하는 것이 좋다. 외상 거래를 할 경우 매월 반드시 스스로 결재를 챙겨라.

상품을 구매할 때는 반드시 필요하지도 않은데, 값이 싸다는 이유로 마구 사들여서는 안 된다. 그것은 절약이 아니라 오히려 낭비이다. 그리고 단지 허영심 때문에, 명품이라는 이유로 많은 돈을 들여 새로 물건을 사는 것도 바보짓이다.

자신이 구입한 상품 내역을 노트 같은 데 기록하는 것이 좋다. 돈의 출납을 파악하고 있으면 파산하는 일은 없다. 그렇다고 해서 오페라를 보러 가서 사용한 몇천 원까지 기록할 필요는 없다. 시간의 낭비일 뿐만 아니라 잉크값이 아깝다. 그런 세밀한 것은 따분한 수전노에게나 맡겨두어라.

이것은 가계(加計)에 관한 것만이 아니라 모든 일에도 적용할 수 있다. 어떤 일이든 관심을 가질 가치가 있는 일에만 관심을 가지라는 이야기이다. 쓸데없는 일에 신경을 쓸 필요는 없다.

■ 감당할 수 있을 만큼만 쓰라

상식적인 사고를 가진 사람들은 사물을 실물의 크기로 파악할 수가 있다. 그러나 어리석은 사람은 그것이 불가능하다.

그들은 눈에 현미경을 안경처럼 쓰고 있는지 뭐든 과장해서 본다. 그들 눈에는 벼룩이 코끼리로 보인다. 작은 것이 크게 보이는 정도는 그나마 이해할 수 있지만, 조금 큰 것은 너무 확대가 되어 아주 보이지 않는 것이 문제다.

수전노는 꼭 필요한데도 돈을 아끼는 바람에 집안 식구들이 모두 불만투성이가 된다. 그런 사람은 수전노, 또는 왕소금이라고 불려지고 있어도 자신이 지나치다는 것을 알지 못한다. 이와 정반대로 돈을 마구 써대는 사람 역시 문제다. 이들은 자신이 벌어들이는 수입 이상의 생활을 영위하면서 미래에 어떤 위험이 닥쳐올지 예상을 못한다.

결국 분수를 지키며 쓰되 지나치게 인색해서는 안 된다는 뜻이다. 분별력이 있는 사람은 어디까지가 자신이 감당할 수 있는 범위이고, 어디서부터는 자신이 감당할 수 없는 것인지 알고 있다. 그런데 그 경계선은 몹시 애매해서, 분별력이 있는 사람이 매우 꼼꼼하게 분석을 한 후에야 발견할 수 있겠지만 얼뜨기들의 눈에는 여간해서 보이지 않는다.

너는 자신이 감당할 수 있는 범위와 감당 못할 범위 정도는 분별할 수 있을 거라 생각한다. 경계선에 항상 유의하여라. 그리고 그 위를 유유히 걷기 바란다. 혼자서 걷게 될 때까지 하트 씨에게 부탁하여 궤도수정을 해달라고 해라. 진짜 줄타기는 능숙하게 하는 사람이 있지만 경계선이라는 이름의 줄타기를 능숙하게 할 수 있는 사람을 만나기는 어렵다. 그런 만큼 능숙하게 그 일을 하는 사람은 크게 돋보인다.

제4장

인생 최고의 스승, 독서

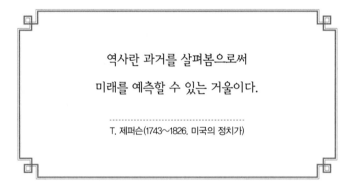

역사란 과거를 살펴봄으로써

미래를 예측할 수 있는 거울이다.

T. 제퍼슨(1743~1826. 미국의 정치가)

01

역사 공부는
세상을 보는 안목을 넓힌다

프랑스의 역사에 관한 너의 고찰은 핵심을 관통하는 것이었다. 더구나 나를 놀라게 했던 것은 네가 책의 내용만 파악하는 데 그치는 것이 아니라 그 내용을 가지고 폭넓은 가능성을 유추해보고 있음을 알았기 때문이다.

많은 사람들이 아무런 생각 없이 활자만 쫓아 가기에 바쁘다. 그저 내용만 머릿속에 입력하는 수준이다. 그런 독서는 정보만 머릿속에 가득 찰 뿐, 정리가 되어 있지 않은 창고나 마찬가지다. 그런 정리가 안 된 머릿속에서는 그때그때 필요한 자료를 바로 찾을 수가 없다.

지금 네가 하고 있는 방식은 아주 훌륭하다. 단, 말해주고 싶은 것은 글

쓴이의 이름만 보고 책의 내용을 그대로 신뢰하지 말고, 글의 내용이 얼마나 알찬가, 지은이가 깊은 고찰을 하고 썼는가를 생각하고 읽어야 한다.

하나의 역사적 사실을 증명하기 위해서는 몇 권의 책을 검토하여 거기에서 얻어낸 정보를 종합해서 자신의 의견을 가져야 한다. 거기까지가 역사라는 학문의 영향이 미치는 범위라고 나는 생각한다. 유감이지만 시간 속에 묻혀버린 '역사적 진실'까지는 그 누구도 알 수가 없는 것이다.

■ 카이사르가 살해당한 진짜 이유

역사책을 읽다보면 한 역사적 사건이 일어난 동기와 원인이 상세히 기록되어 있다. 한데 그것을 있는 그대로 받아들이는 것은 곤란하다. 그 사건에 관련된 인물의 시대적 배경, 환경, 인물의 성격, 주위 사람들과의 이해 관계 등을 생각해본 다음, 저자의 고찰이 옳은지 판단해보아라. 그리고 다각도로 그 사건을 유추해보면서 여러 시각에서 사건을 재검토해보아라.

이때 사소한 것, 즉 한 인물의 비굴한 성격 때문에 사건이 일어났을 수도 있음을 염두에 두어야 한다. 왜냐하면 인간이란 복잡하면서도 모순투성이의 생명체이기 때문이다. 대부분의 인간은 감정이 순간순간 변하고, 의지는 나약하며 마음은 환경과 건강 상태에 따라 좌우된다.

즉, 이 지구상에는 그 누구도 한결같은 마음을 지닌 사람은 없다고 보면 된다. 아무리 훌륭한 사람이라도 이해할 수 없을 정도로 한심한 생각을 할 때가 있고, 아무짝에도 쓸모없는 사람이라도 훌륭한 장점을 가지고 있어 주위 사람을 놀라게 한다.

그런데 많은 사람들이 역사적 사건의 원인을 알려고 할 때, 보다 고상한 데서 동기를 찾으려 한다. 그러나 진정한 원인이라는 것은 배꼽을 잡고 웃지 않고는 견딜 수 없을 정도로 시시한 것에 있을 수가 있다. 예를 들어 루터가 종교 개혁을 한 것은 금전욕에서 비롯된 것이 원인이었다. 그런데 뭔가 그럴 듯한 동기를 부여하기를 좋아하는 머리통 큰 역사학자들은 역사적 대사건은 물론 평범한 사건까지 커다란 정치적인 동기를 부여한다.

다시 한번 말하지만 인간이란 모순투성이다. 모든 사람은 항상 누구에게나 보여지는 모범적인 행동을 하는 것이 아니다. 현명한 인간이 생각할 수조차 없을 정도로 어리석은 행동을 저지르는 경우도 있고, 어리석은 인간이 놀라울 정도로 현명하게 일을 대처할 수도 있는 것이다. 모순된 감정을 가지고 있어 그것이 쉴새없이 변하는 것이 인간이다. 그런데도 역사가들이 이런저런 사건을 두고 '가장 가능성이 높은 동기니까'라든가 '매듭짓기가 좋은 동기니까'라며 말할 수 없이 고상한 동기를 갖다 붙이고들 있다.

소화가 잘 되는 식사를 하고, 잘 자고, 맑게 갠 아침을 맞았다는 이유로 영웅적인 사나이의 면모를 보이던 남자가, 소화가 잘 안 되는 식사를 하고, 밤새 뒤척이고, 비 내리는 아침을 맞았다는 이유만으로 순간 겁쟁이로 변해버리는 일도 있다.

따라서 인간 행위의 진정한 동기는 아무리 정확한 규명을 하려고 해도 억측의 영역을 벗어나기 어렵다. 기껏해야 이런저런 사건이 있었다는 것만 우리가 알 뿐, 실제 속사정은 당사자만 알 뿐이다.

카이사르는 23명의 음모자들에 의해 살해되었다. 이것은 의심의 여지가 없는 확실한 사실이다. 그런데 이 23인의 음모자들이 진정으로 자유를 사랑하고 로마를 사랑했을까? 그들은 조국을 위해 카이사르를 죽였을까? 거기에 대한 답변은 '글쎄'라고밖에 말할 수 없다. 단순히 그것이 원인이라고 하기엔 뭔가 심상치 않은 것이 너무나 많다.

만일 진상이 밝혀진다면 어떤 진실이 숨어 있을까? 사건의 주모자인 브루투스조차도, 카이사르를 죽인 핵심적인 이유가 조국의 미래를 위한 것이 아니라 개인적인 자존심이나 시기심, 원한, 실망 같은 복합적인 것이 동기였다. 그런데 역사책의 그 어디에도 그러한 사실이 기록되어 있지 않다.

■ 올바른 판단력과 분석력을 기르기 위한 최고의 학습법

회의적으로 생각하면 역사적 사실 그 자체를 하나도 믿을 수 없다. 적어도 그 사실과 결부되어 있는 사건의 배경에 대해서는 거의 의심의 눈으로 볼 수밖에 없다. 매일매일 자신의 경험을 생각해보면 역사라고 하는 것이 얼마나 신빙성이 없는지 쉽게 알 수 있을 것이다.

최근의 예로, 한 사건에 대해 몇 사람이 증언을 했는데, 그들은 모두 다른 말을 하고 있었다. 분명히 진실은 존재하고 있을 것이다. 그러나 누군가는 착각을 하기도 하고, 또 다른 누군가는 전혀 다른 뉘앙스를 풍기는 표현을 하기도 했다. 그 중에는 정확한 사실을 발언한 사람도 있었다. 그리고 진실을 증언하려는 순간 마음이 변하여 진실을 왜곡시켜 말한 사람도 있었다. 거기다 그것을 기록하는 사람 역시 정확한 기록을 했다고 할 수 없다.

그런 의미에서는 역사학자라고 해서 정말 정확한 기록을 했는지 의심스럽다. 학자에 따라서는 자신의 지론을 계속 진행하고 싶어 하는 경우도 있고, 빨리 그 장을 끝내고 싶어하는 경우도 있다. 프랑스 역사책의 각 장 첫머리에는 '이것이 진실이다'라는 글이 반드시 들어 있다. 왜 굳이 그런 글을 써야 했을까?

따라서 역사학자란 사람을 너무 신뢰하지 않는 것이 좋다. 갖가지

정황을 놓고 스스로 분석하고 판단해볼 필요가 있다.

그렇다고 해서 역사 따윈 공부할 가치가 없다고 하는 건 아니다. 누구나가 인정하는 역사적 사실은 분명 존재하므로 사람들의 입에 오르내리며, 책에서도 다루어지는 것들은 알아두는 게 좋다.

예를 들어 카이사르의 망령이 브루투스 앞에 나타났다고 기록하는 역사학자도 있다. 나는 그런 이야기는 절대 믿지 않는다. 그렇지만 그런 사실이 사람들의 입에 오르내리고 있다는 것을 모른다는 것은 부끄러운 일이다.

그 외에도 역사학자가 그렇게 기술했기 때문에, 당연한 사실처럼 화제에 오르내리고, 책에도 기록되는 일들이 있다. 그렇게 해서 정착한 것이 이교도 신학이다. 주피터(Jupiter), 마르스(Mars), 아폴론(Apollon) 등 고대 그리스 신들도 그렇다. 우리들은 그들이 만일 실존하였다 해도 보통의 인간이었다고 생각할 것이다.

아무리 역사에 대해 회의적이라 하더라도 상식으로 통용되는 것들은 제대로 공부할 필요가 있다. 아니, 인간이 사회를 살아가는 데 있어 어떤 학문보다도 필요한 것이다.

■ 과거의 척도로 현재를 재지 마라

과거에도 그랬으니까 현재도 그렇다고 단정적으로 말하지 마라. 과거의 거울을 통해 현재 문제를 검토하는 것은 좋은 방법이지만 신중을 기해야 한다.

지난 사건의 진상은 아무리 노력해도 알 도리가 없다. 기껏해야 추측하는 것이 고작이다. 원인이 무엇인지를 정확하게 안다는 것은 불가능하다. 첫째, 과거의 증언은 현재의 증언에 비해 애매한 점이 있다. 게다가 시대가 오래 될수록 신빙성이 떨어지는 것은 어쩔 수 없는 일이다.

위대한 과학자들 중에는 공과 사를 불문하고 닮아 있다는 이유로 무턱대고 과거의 사례를 현재에 대입하는 경우가 많다. 이것이 그 얼마나 어리석은 일이란 말이냐. 천지창조 이래 이 세상에 똑같은 일이 일어난 적은 단 한번도없었다. 또한 어떠한 역사가라 하더라도 사건의 전모를 기록한 사람은 없었다(전모를 파악한 사람조차 찾기 힘들 것이다). 따라서 그것을 기초로 한 논쟁 따위는 아무런 의미가 없다.

그러므로 옛날 학자가 기록하였으니까, 옛 시인이 썼으니까, 라는 이유로 인용을 해서는 안 된다. 사물은 저마다 독특한 개성이 있는 것이므로 개별적으로 논해야 한다. 비슷하다고 생각되는 예를 참고로 삼을 수는 있지만 이는 어디까지나 참고일 뿐이다.

02
왜 역사를 공부해야 하는가?

역사를 공부하는 것은 참으로 중요하다. 따라서 되도록 믿을 수 있는 역사학자가 쓴 책을 텍스트로 공부를 해야 한다. 역사는 그것이 진실이든 아니든 간에 우선 지식으로 알아 두어야 할 필요가 있다.

자, 이젠 역사학의 공부 방법이 문제다. 먼저 너의 공부 방식을 알고 싶다. 시간과 노력을 적게 들이기 위해서는 역사적 중요 사건만 공부하고, 나머지 것들은 대충 훑어본다는 사람이 있는가 하면, 세세한 것까지 꼼꼼하게 공부하는 사람도 있다.

그렇지만 나는 여기서 전혀 다른 방법을 제시하겠다. 먼저 국가별로 그 나라의 간단한 역사를 살펴보고 대략적인 개요를 파악한다. 이와 함께 특히 중요한 점, 예컨대 주변국을 정복한 것이라든지, 왕이 어느 시기에 바뀌었는지, 정치 형태가 어떻게 바뀌었는지 등을 뽑아서 정리해본다. 그리고 그 뽑아낸 것들에서 자세히 씌어진 논문이나 책을 읽고 철저히 공부를 한다. 그때는 내용만 파악하는 것이 아니라 스스로 깊이 통찰을 하는 것이 중요하다. 또한 중요한 사건 뒤의 원인을 찾아내어 무엇이 그 사건을 야기시켰는지 생각해본다.

■ 사람과 책으로부터 배워라

프랑스 역사는 매우 짧지만 아주 잘 씌어진 책이 있다. 르장드르 (Legendre : 1752~1833)의 역사책이 바로 그것이다. 이 책만 꼼꼼하게 읽어도 프랑스 전체의 역사를 이해할 수 있을 것이다. 네가 그 책을 통해서 굵직한 역사의 줄기를 알게 되면 다음에는 메제레이의 역사책을 권하고 싶다.

그 외에도 굵직한 시대의 흐름과 큰 사건에 대해서 하나하나 자세히 기술하고 있는 역사책이나 정치적 관점에서 씌어진 논문 등 참고가 되는 것들이 많다.

근대에 관한 역사책으로는 필리프 코민
(Commynes : 1447~1511. 프랑스의
연대기 작가이자 정치가)의 회고록을
비롯하여 루이 14세 시대에 씌어진 책들
이 많이 나와 있다. 이들 중 꼼꼼하게 씌어지고 정리가 잘 된 것 중 한
권을 골라 읽으면 시대와 사건에 대해서 입체적으로 이해할 수 있을
것이다.

그리고 프랑스에서 사람을 만났을 때, 그들과 역사와 같은 딱딱한
주제로 대화를 나누어도 무리가 없다면 너의 역사관을 피력해보는 것
도 좋다. 대화 상대가 제아무리 역사에 대해서는 문외한이라 할지라도
네가 모르는 사실 몇 가지 정도는 알고 있을 것이 틀림없다. 가령 역사
책을 단 한 권밖에 읽지 않은 사람이라 할지라도(실제로 그런 사람도
많다) 역사책을 읽은 사실을 자랑으로 생각하고 자신의 생각을 말해줄
것이다.

그런 면에서 그 나라 여성들은 역사 책을 많이 읽고 있으니까 틀림
없이 폭넓은 지식의 소유자들일 것이다. 그렇게 하여 사람들로부터 얻
어 듣는 지식은 책을 통해서는 좀체 얻을 수 없는 귀중한 것이다.

03
좋은 독서 습관 기르기

이 사회란 결국 한 권의 책과도 같다. 내가 지금 네게 권하고 싶은 것이 바로 사회라는 책이다. 이 사회라는 책에서 얻을 수 있는 지식은 네가 종이로 만든 책에서 읽은 모든 지식보다 훨씬 많은 것을 준다.

그러므로 훌륭한 사람들과의 모임이 있을 때는 어떤 좋은 책을 읽고 있는 중이라도 덮어두고 모임에 나가거라. 그 편이 네게 훨씬 큰 공부가 될 것이다.

일이며 사람을 만나야 하는 등 제아무리 스케줄이 바쁘게 잡혀 있어도 하루 중 잠시 숨을 돌리는 한가로운 시간을 만들 수 있다. 이때 자투리 시간을 활용하여 독서를 해라.

그 얼마 안 되는 자투리 시간을 이용해 충실한 독서를 하려면 어떻게 해야 할까?

우선 시시하고 따분한 책에 시간을 할애하는 것은 금물이다. 그러한 책은 시시하고 따분한 내용말고는 달리 쓸 재간이 없는 작가가 역시 시시하고 따분한 독자를 위해 적어놓은 글이 대부분이다. 이런 책은 독에도 약에도 쓸모가 없으니 아예 손대지 않는 것이 좋다.

■ 하루 30분의 독서 습관

책을 읽을 때는 독서의 목적을 한 가지로 집중시켜 그 목적을 달성할 때까지는 다른 분야의 책에는 손을 대지 말아야 한다. 너의 장래를 생각한다면 현대사 중에서도 특히 중요하고 흥미로운 사건을 몇 개 뽑아서 그것을 순서대로 읽어나가는 것도 좋은 방법이다.

만약 베스트팔렌 조약에 대해 공부를 하려고 마음먹었을 경우(현대사의 시작으로서는 옳은 선택이었다고 할 수 있지 않을까?)라면 그와 관련된 책 이외에는 절대 손을 대지 말고 신뢰할 수 있는 저자의 역사책이나 문서, 회고록 등을 차례로 읽고 상황을 이해해라.

그러나 이런 일에 많은 시간을 투자하라는 것은 절대 아니다. 독서가 아닌 다른 방법으로 자투리 시간을 사용할 수 있으면 그것도 좋다. 당부해두고 싶은 것은 이왕 독서를 한다면 한꺼번에 여러 가지 테마의 책을 이것저것 읽느니 단순화시켜 체계적으로 접근하는 것이 좋다는 얘기다.

같은 종류의 책을 몇 권 읽다보면 내용이 상반되거나 모순되는 것을 발견할 수 있을 것이다. 그럴 때는 가장 권위 있는 저자의 책을 찾아 읽어라. 그렇게 하면 정상 궤도를 달릴 수 있다.

때로는 책을 펼쳐놓고 읽어도 도무지 머릿속에 들어오지 않을 때가 있다. 그러나 책의 내용이 정치가들 사이에 화제가 되거나 논쟁거리가 되거나 하면 입체적으로 파악하지 못했던 문제들이 머릿속에 술술 들어오는 수가 있다. 그렇게 해서 얻은 지식은 의외로 완벽한 법이다. 그리고 깊이 뇌리 속에 박혀 있게 된다. 사건이 일어난 현장에서 직접 이야기를 듣는 것은 그런 점에서 좋은 학습이 된다.

사회인이 된 다음에 책을 읽는 방법에 대해서 다음 몇 가지 점을 유의할 필요가 있다.

1. 사회에 첫발을 내디딘 다음 닥치는 대로 마구 책을 읽을 필요는 없다. 이때는 여러 계층의 사람들과 대화를 나눔으로써 정보를 얻는 것이 좋다.

2. 백해무익한 책은 멀리하라.

3. 테마를 하나로 정해 그와 관련된 것을 집중적으로 읽어라.

위의 것을 지킬 경우 하루에 30분 독서로도 충분하다.

04
똑똑한 여행가가 되기 위한 준비

아들아, 이 편지가 무사히 너에게 전달될 때쯤이면 너는 아마 베니스에서 로마로 갈 준비를 하고 있을 것 같구나. 하트 씨에게도 지난번에 부탁했지만 로마까지는 아드리아 해를 따라 리미니, 로페토, 앙코나를 거쳐 가면 좋다. 어느 고장이나 들러볼 가치는 있다. 그러나 한곳에 오래 머물 필요는 없다. 가서 거리를 둘러보는 것만으로 충분하다.

또 그 근처에는 고대 로마의 유물, 이름이 잘 알려진 건축물과 회화, 조각 등이 지천에 널려 있어 어느 것도 그냥 지나치기엔 아까운 것들이니 유념하여 보고 오너라. 그냥 보기만 하면 되니까 그렇게 많은 시

간이 걸리지는 않을 것이다.

그러나 깊이 관찰하여 봐야 할 것들은 다르다. 그런 것들은 시간과 주의력이 필요하다.

흔히 젊은이들은 경박하고 주의가 산만하여 '보아도 보이지 않고, 들어도 들리지 않는다'고들 한다. 수박 겉핥기식으로만 보려면 아무 데도 가지 않는 게 낫지 않을까?

한데 네가 보내준 여행기를 보니, 너는 어느 여행지에서나 고대 유물이며 풍물을 잘 관찰하고, 많은 의문을 가지고 돌아온 듯하더구나. 너는 벌써 여행의 진정한 목적을 알고 이를 실천에 옮기고 있었다.

여행을 해도 여기저기에 몸만 옮겨다니는 사람이 있다. 다음 목적지까지 얼마나 떨어져 있나, 다음 숙소는 어디인가에 정신이 팔려 있는 사람은 여행을 떠날 때도 바보였고, 돌아왔을 때 역시 바보이다. 그런 바보들은 여러 여행지에서 교회의 첨탑이나 시계, 으리으리한 저택을 보고 와서 사람들한테 시끄럽게 떠들어댈 뿐 실제로 얻은 것은 아무것도 없는 자들이다. 그러려면 구태여 시간이며 돈을 써가면서까지 여행을 할 필요가 있을까?

그러나 어디를 가나 그 지역의 정세나 다른 지역과의 연관성, 지역의 난점, 교역, 특산물, 정치 형태, 헌법 등을 세밀히 관찰하는 사람이 있다. 또 그 지역 사람들과 교류를 터고, 그 지역만의 에티켓, 사람들의 성향 등을 잘 파악하고 오는 사람이 있다. 여행이 득이 되는 것은 이런 사람들이다. 그리고 이런 사람들은 여행 후 확실히 더욱 현명해져 있다.

■ 여행을 떠나면 호기심덩어리가 되라

로마를 둘러보면 도시 곳곳에 인간의 보편적인 감정이 훌륭한 예술로 승화되어 있다는 사실을 알 수 있을 것이다. 그런 도시는 지구촌 그 어디에서도 쉽게 찾을 수 없다. 그러므로 로마에 머무르고 있을 동안에는 카피톨이나 바티칸 궁전, 판테온을 구경해서는 안 된다.

1분간의 관광을 위해서 열흘 동안의 정보를 수집하여라. 로마 제국이 어떤 나라였나, 교황권력의 성쇠 과정, 궁정의 정책, 추기경의 책략, 교황 선출을 둘러싼 뒷이야기 등등…. 절대 권력을 자랑하던 로마 제국의 감추어진 진실에 관한 것이라면 어떤 것도 소홀히 해서는 안 된다. 할 수 있는 한 깊이 파고들어라.

만약 모르는 것이 있다면 그것에 정통해 있는 믿을 만한 인물에게 물어보는 것이 가장 좋은 방법이다. 책은 아무리 상세히 기록되어 있다 하더라도 거기에서 완벽한 정보를 얻기란 어렵다.

영국에도 국내 문제를 상세하게 다룬 책이 여러 권 출간되어 있을 것이다. 프랑스 역시 국내 문제를 다룬 책이 많이 출간되어 있다. 그렇지만 어느 책이나 정보로서는 불완전하다. 그것은 자기 나라 사정에 그다지 정통하지 못한 사람들이, 역시 정통하지 못한 사람이 쓴 글을 그대로 베꼈기 때문이다.

그렇다고 그런 책을 절대 읽지 말라는 것은 아니다. 읽을 가치는 충분히 있다. 책을 읽다보면 자신이 이제까지 미처 몰랐던 부분을 알 수 있기 때문이다. 만일 그 책을 읽지 않았더라면 상상도 못해봤을 놀라운 지식을 얻을 수 있다.

이해가 안 가는 대목이 있으면 단 한 시간이라도 시간을 내어 그 곳 사정에 밝은 의장이나 의원에게 질문을 해보아라. 그런 사람을 통해 듣는 정보는 프랑스에 있는 책을 모두 모아도 될 만큼 가치가 있는 것이다. 그런 사람들의 입을 통해 프랑스 의회의 내부 사정을 조금은 알 수 있을 것이다.

만일 군대에 관한 지식이 필요하다면 장교에게 물어보는 것이 가장 좋다. 훈련법, 숙영방법, 의복 배급 방법, 혹은 급료나 검열 등을 구체적으로 알고 있을 것이다.

그리고 해군에 관한 정보도 수집하면 좋다. 이제까지 영국은 프랑스 해군과 항상 깊은 관계를 가져왔다. 앞으로도 그럴 것이다. 알아서

손해볼 건 없다. 몸으로 부닥쳐 얻은 정보나 지식이 영국으로 돌아왔을 때 얼마나 너를 돋보이게 하고, 또 외국과의 실제적인 교섭에 도움이 될 수 있는지 생각해봐라. 네가 상상했던 것 이상일 것이다. 실제로 이 분야에 정통하고 있는 사람은 현재 거의 없다. 아직 미개척 분야이다.

05
로마에서는 로마법을

하트 씨는 편지에 언제나 너를 칭찬하는 말을 쓰고 있다. 이번 편지에는 기쁜 소식이 씌어 있더구나. 너는 로마에 있는 동안 이탈리아 사람들의 생활 양식을 몸에 익히기 위해, 한 영국 부인의 제의로 결성된 영국인들의 모임에 가입하는 걸 거절했다지? 이는 정말이지 분별력 있는 행동이다. 내가 왜 너를 외국으로 보냈는지 그 취지를 정확하게 간파했다는 뜻이다. 나는 아주 기뻤다.

세계 여러 나라 사람과 교류를 하는 것이 한 나라 사람만 알고 지내는 것보다 여러 가지로 유익하다. 그런 좋은 습관은 어느 나라에 가서도 그대로 실행하여라. 내가 듣기로 파리에는 30명이 아니라 300명 이상의 영국인이 모여 살고 있는데, 그들은 프랑스 사람들과는 대화조차도 나누지 않고 그들끼리만 생활하고 있다고 하더구나.

파리에 머무르고 있는 영국 귀족들의 생활상은 대체로 비슷하다. 첫째는 늦게까지 잠자리 속에 머물러 있다는 것! 일어나면 바로 아침식사 시간이다. 식사는 동료와 함께 한다. 이것으로 아침 두 시간은 어영부영 보내게 된다. 식사가 끝나면 마차가 부서질 정도로 그걸 타고 궁정이나 노트르담 사원 등을 구경하러 간다. 그리고는 커피 하우스로 간다. 이제 거기에서는 저녁 식사를 겸한 즉석 술자리가 마련된다.

그리고 그 곳에서, 술을 마시는 둥 마는 둥 하고 줄지어 극장으로 향한다. 극장에서는 형편없는 솜씨로 만들어진 연극이 펼쳐지는데, 배우들의 옷차림만큼은 근사하다. 그들은 그 형편없는 연극을 단체 관람한다. 연극이 끝나면 일동 모두 다시 술집으로 돌아온다. 그리고 이번에도 퍼붓듯이 술을 마시고는 마구 지껄여대다가 싸움이 시작된다. 이 싸움은 경찰관이 찾아오면서 막이 내린다.

이러한 생활의 연속이니 프랑스 어는 언제 배우겠니. 그들은 10년을 프랑스에 있어도 프랑스어 실력은 제자리걸음일 것이다.

그런 형편이니 본국으로 돌아와 봤자 무슨 뾰족한 수가 있겠니? 그래서 성미가 급한 사람은 더욱 급해진다. 여행을 다녀왔다고 해서 누구나 지식의 폭이 넓어지는 것은 아니다. 그래도 외국 바람을 쏘였다는 것을 자랑하고 싶은 마음은 굴뚝같아 잘못된 프랑스 어를 남용하고 프랑스식으로 옷을 입어보지만 그럴수록 더욱 꼴불견만 연출할 뿐이다. 이래서야 해외 여행이 다 무슨 소용이겠니?

그런 부류의 사람이 되지 않기 위해서 프랑스에서는 되도록 프랑스 사람과 교류를 하라는 것이다. 초로의 신사는 너의 세상을 보는 안목을 더욱 높여줄 것이고, 젊은이는 너의 유쾌한 대화 상대가 되어줄 것이다.

■ 이방인의 옷을 벗어버려라

내가 타 지역 주민과의 '교류'를 강조했지만, 사실 일주일이나 열흘 간 잠깐 머무르면서 그곳 주민과 친근하게 사귀는 것은 불가능하다. 받아들이는 쪽도 그렇게 짧은 기간으로는 친구로서 마음을 열고 너를 맞아주지는 않을 것이다. 이 때는 가볍게 인사를 하고 지내는 것도 나쁘지 않다. 상대가 알고 지내는 것조차 삼가려 한다 해도 그를 비난할 순 없는 것 아니겠니.

그러나 몇 달 머무르게 되는 경우는 이야기가 달라진다. 그 고장 사람과 격의 없이 사귈 시간이 있다. 그러다 보면 이방인이라는 생각은 없어진다. 이거야말로 진정한 여행의 즐거움이 아닐까? 어디로 가나 그 지역 사람들과 마음을 열고 격의 없이 사귀며, 그 지역 사람들의 평소 일상을 볼 수 있어야 한다.

여행지의 사람들과 어느 정도 친밀하게 되면 그 지역 사람들의 관습을 제대로 알고, 예절을 이해하고, 다른 지역에 없는 특성을 알 수 있는 것은 큰 소득이다. 이것은 3,40분의 공식적인 방문이나 겉치레 여행으로는 절대로 얻을 수 없는 것이다.

세계 어디를 가나 인간이 가지고 있는 기본 성향은 똑같다. 다만 다른 게 있다면 표현법이다. 감정 표현은 지역과 주변 환경에 따라 서로 다른 형태를 취한다. 여행자는 그 갖가지 모습의 하나하나와 교제를 해야 한다.

예를 들어 '야심'이라는 감정은 세계 어느 나라 사람이든 보편적으로 가지고 있는 성향이다. 그렇지만 야심을 만족시키는 수단은 교육이나 풍습에 따라 약간의 차이가 난다.

상대를 위해 예의를 지키려는 것도 기본적으로 누구나 가지고 있는 상식이다. 그렇지만 그 표현 방법은 모두가 다르다.

영국의 국왕에게 절을 하는 것은 존경의 의미를 갖고 있지만 프랑스 국왕에게 절을 하는 것은 결례가 된다. 황제에게는 존경의 뜻을 표하여 절을 하는 것이 원칙이다. 전제 군주 앞에서 엎드리지 않으면 안 되

는 나라도 있다. 이처럼 예의범절은 지
역에 따라, 사람에 따라, 시대에 따
라 다르다.

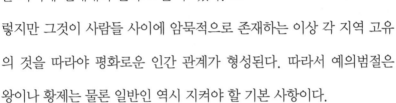

예의범절은 우연에 의해 즉흥
적으로 생겨나 시대를 이어 사람
들 사이에 전해내려 온다고 볼 수 있다. 그
렇지만 그것이 사람들 사이에 암묵적으로 존재하는 이상 각 지역 고유
의 것을 따라야 평화로운 인간 관계가 형성된다. 따라서 예의범절은
왕이나 황제는 물론 일반인 역시 지켜야 할 기본 사항이다.

예를 들어 사람들의 건강을 위해 축배한다는 저 바보스런 행위는 거
의 어느 고장에서나 볼 수 있는 관습이다. 내가 가득 따른 한 잔의 술
을 마시는 일과 상대방과의 건강이 무슨 상관이란 말인가. 그렇지만
그것은 이미 상식이 되어 모두가 그 관습을 따르고 있으므로 너도 그
것을 따라야 한다.

건전한 사고방식은, '남에게 예의 바르게 행동하라.' '기분 좋은 생각
을 가지라'고 명령한다. 그렇지만 때와 장소와 상대에 따라서, 어떻게
예의를 다할 것인가는 실제로 눈으로 보고 몸으로 익히기 전에는 알
수 없다. 이것은 앞에서도 언급했었다. 현지의 관습이나 예의를 바르
게 익히고 돌아오는 것이 여행의 진정한 목적이라고.

■ 외부가 아니라 내부를 들여다보는 즐거움

분별력이 있는 사람은 어디로 가나 그 고장의 풍습을 배워 그것을 따르려고 노력한다. 사람들은 전세계 어디에서고 암묵적으로 이를 이행하고 있다. 따라서 도덕적으로 도저히 용납할 수 없는 관습이 아닌 한은 그 지역의 풍습을 따르는 편이 좋다.

이때 가장 도움이 되는 것은 적응력이다. 순간적으로 그 지역에 가장 적합한 태도를 취할 수 있는 능력 말이다. 진지한 사람을 만날 경우 진지한 표정으로 대하고, 쾌활한 사람을 만날 때는 밝게 행동하고, 시시한 인물을 만났을 때는 적당히 대하면 된다. 이러한 사람과의 사이에 일어날 수 있는 관계 형성도 몸에 익혀두는 것이 좋다.

많은 사람을 만나다 보면 보기 드물게 현명한 인물을 만날 수 있다. 그런 사람을 만나게 되면 그 지역 사람들에게 동화되는 것이 한결 쉬울 것이다. 프랑스 인도 아니고 이탈리아 인도 아닌, 유럽인이 되는 것이다. 여러 고장의 풍습을 겸허하게 받아들여 파리에서는 프랑스 인이, 로마에서는 이탈리아 인이, 그리고 런던에서는 영국인이 되는 것이다.

한데 너는 이탈리아어 때문에 고민한다고 들었다. 하지만 프랑스의 귀족들을 봐라. 그들은 말할 때 스스로는 깨닫지 못하고 있지만 훌륭한 산문을 읊조리고 있다. 그와 마찬가지로 너도 스스로는 깨닫지 못하지만 훌륭하게 이탈리아어를 이해하고 있는 것이다. 그리고 너는 프랑스어와 라틴어에 통달해 있기 때문에 이탈리아 어의 절반은 알고 있는 것이나 다름없다. 사전 같은 건 거의 찾지도 않고 있질 않느냐.

다만 숙어나 관용구, 미묘한 표현 등은 실제로 말해보는 것이 가장 좋다. 상대편의 말을 잘 듣고 있으면 그런 것은 곧 익힐 수 있다. 그러므로 틀리건 맞건 신경 쓰지 말고 질문할 수 있을 만큼의 단어와, 질문에 답할 수 있을 만큼의 단어를 익혀라. 그리고 주저 말고 사람들에게 말을 걸어볼 일이다.

프랑스어로 '안녕하세요'라고 말하지 말고 갓 익힌 이탈리아어로 '안녕하세요'라고 말해보아라. 그러면 상대편이 이탈리아어로 뭐라고 대꾸하겠지. 그것을 듣고 외워라. 그것을 되풀이하는 동안 자신도 모르는 사이에 이탈리아어가 익숙하게 된단다. 이탈리아어는 생각보다 단순하고 간략한 언어란다.

아들아, 내가 참으로 많은 이야기를 했구나. 내가 너를 해외로 내보낸 것은 갖가지 경험을 몸에 익히는 것이 좋을 것 같아서이다. 어디를 가든지 관광하는 데 만족하지 말고 그 고장 사람들의 살아가는 모습을 들여다보거라. 다시 말하지만 현지인들과 교류하는 걸 잊지 말아라.

그리고 간단한 현지어는 신경 써서 익히기 바란다. 내가 시키는 걸 모두 실천에 옮긴다면 이런 글을 쓰는 수고도 기쁨으로 여길 수 있을 것이다.

제5장

❝

뚜렷한 주관을 가져라

❞

{ 자기 의견이 없는 사람은 절대 발전하지 못한다. }

사람에게는 십인십색(十人十色)의 의견이 있다.

호라티우스(B.C. 65~B.C. 8. 고대 로마의 시인)

01
확고한 지식의 발판을
딛고 서라

이 편지가 도착할 때쯤이면 넌 라이프치히에 돌아와 있겠구나. 드레스덴의 궁정 사회에 처음으로 얼굴을 내밀었을 때 어떤 인상을 받았니? 너는 현명한 사람이니 왁자한 축제 기분은 드레스덴에 떨쳐버리고 라이프치히에서 다시 공부에 열중하고 있으리라 믿는다.

궁정이 네 맘에 들었느냐? 그렇다면 공부해서 지식을 축적하는 것이 남에게 인정받는 가장 빠른 지름길이라는 것을 명심하기 바란다. 지식도 덕망도 없는 궁정인은 참으로 꼴불견이란다. 가련한 사람이지. 기품과 겸손을 몸에 지닌 사람을 보면 절로 존경심이 생긴다. 너도 그 사실을 명심했으면 좋겠다.

사람들은 궁정이 화려한 겉모습처럼 허위와 거짓이 난무하는 곳이며, 겉과 속이 전혀 다른 세계라고 알고 있지만, 과연 그들의 말이 옳을까? 나는 그것을 전적으로 믿지는 않는다. 목소리를 높여 말하고 싶은 부분이 바로 이것이다. 도대체 일반론이라는 것이 옳았던 때가 있었느냐고.

실제로 궁정은 허위와 거짓이 난무하는 곳이며, 겉과 속이 전혀 다른 공간일 수도 있다. 그러나 그것을 어떻게 궁정에만 국한시킬 수 있단 말이냐. 이 세상에 그렇지 않은 곳이 있기나 하니?

농부들이 모여 사는 농촌 역시 비슷한 상황이 연출되고 있다. 농촌이 궁정과 다른 점이 있다면 단지 예의 범절이 다소 거칠다는 사실일 것이다. 서로 이웃해 있는 밭을 가진 농부들은 어떻게 하면 자신의 밭에서 더 많은 수확을 거둘 수 있을 것인가에 대해 고민을 한다. 또 대지주 앞에서는 어떻게 처신해야 그의 마음을 사로잡을 수 있을지 필사적인 작전을 세우고 있을 것이 틀림없다.

흔히 시인들은 이런 글을 쓴다. '시골 사람들은 순박하고 거짓말을 할 줄 모르지만, 궁정인들은 입만 열면 거짓말을 하는데다가 약아빠졌다'고. 거기다가 단순하고 어리석은 사람들이 여기에 더욱 가세를 한다. 하지만 진실은 변하지 않을 것이다. 양치는 목자나 궁정인이나 똑

같은 인간이라는 사실 말이다. 마음으로 느끼는 것, 생각하는 것은 마찬가지이다. 다만 그 방법이 조금 다를 뿐이다.

■ 일반론을 내세우는 사람은 요주의 인물이다

일반론을 내세우는 것, 일반론을 믿는 것, 그리고 일반론이 옳다고 인정하는 사람에게는 신중을 기해라. 무릇 일반론을 내세우는 부류는 대부분 자만심이 강하고 교활하고 빈틈없는 인간이 많다. 정말로 현명한 인물은 일반론이니 뭐니 하는 것을 내세울 필요가 없다. 일반론을 내세우는 교활한 인간을 보면 그것에 의지하지 않고는 스스로 서 있을 수도 없을 만큼 빈곤한 지식의 기반 위에 서 있음을 알 수 있다.

지구상의 여러 국가나 단체 등에도 갖가지 일반론이 활개를 치고 있다. 그것들 중에는 옳은 것도 있고 터무니없는 것도 있다. 그러나 대체로 자신의 의견이 없는 사람들이 일반론이라는 장식품을 몸에 부착하고 남의 눈에 띄기를 바라고 있단다.

나는 그런 사람을 놀려주고 싶은 마음에, 일반론을 내세우는 사람에게 일부러 위엄 있는 얼굴을 하고는 "그렇습니까, 그래서요?" 하고 깊이 있는 대답을 은근히 요구한단다. 그러면 바닥이 뻔한 일반론밖에는 아무것도 가진 게 없는 상대는 다음 말을 잇지 못해 쩔쩔맨단다.

결국 자기 자신이 어떤 분야에 있어서나 확고한 지식과 철학을 갖고 있으면 일반론 따위에 기대지 않더라도 자기의 주장을 분명히 밝힐 수 있다. 즉, 확고한 자신의 철학을 갖고 있다면 시시한 일반론 같은 것은 외면하더라도 충분히 즐겁고 유익한 대화를 제공할 수 있을 것이다. 그런 사람은 상대를 조소하거나 일반론을 증거로 내세우지 않고도 기지에 찬 대화를 이끌어 나갈 수 있다.

02
독단과 편견을 버려라

이제 너는 사물을 차분히 관조할 수 있
는 나이가 되었다. 네 나이 또래 중에 그것이 가능한 사람은 드물지만
너는 사물을 깊이 관조하는 습관을 가져라. 하긴 나도 그 습관을 들이
기 시작한 것은 그리 오래 되지 않았다. 너를 위해서라면 감히 부끄러
운 걸 무릅쓰고 고백한다. 16~7세가 될 때까지 나는 스스로 생각하는
힘을 갖지 못했다. 그후 조금씩 사물을 관조하는 버릇을 기르기는 했
으나 뭔가 유용한 일에 그 힘을 발휘하지는 못하였다. 또한 독서를 해
도 책 내용을 제대로 이해했다기보다는 있는 그대로를 받아들이는 수
준이었고, 주변 사람들의 말을 듣고 옳고 그름을 판단하지도 못했다.

당시는 시간과 노력을 기울여 진실을 추구하기보다는 설사 틀리더라도 편한 것이 좋다는 사고방식을 갖고 있었다. 또한 사고하는 것 자체가 귀찮아 놀기에만 열중했다. 게다가 상류 사회의 독특한 사고방식에 대해서도 회의를 느끼고 있었다.

그러나 일단 스스로 생각의 힘을 길러보려고 뜻을 세우고, 시작해보니 놀랍게도 사물을 보는 눈이 달라졌다. 그때까지만 해도 주어진 사고방식으로 사물을 보거나 실체가 없는 곳에 힘이 있다고 착각을 했던 것이다. 사물을 보는 눈을 기르고 난 후, 주위를 둘러보니 모든 것이 얼마나 정연하게 보이는지….

물론 지금도 어떤 부분에서는 타인으로부터 전수받은 사고방식에서 벗어나지 못하고 있는 부분도 있다. 오랜 세월 동안 다른 사람에게 전수받은 사고방식이 그냥 그대로 굳어져 나의 사고방식이 되어버린 것이다. 사실 젊었을 때 가르침을 받아 그것에 대해 특별히 문제 제기를 하지 않고 온 것과 노년에 이르러 자신의 힘으로 길러낸 사고방식과의 구별이 힘들기는 했다.

■ 독단과 편견을 버려라

내가 생각하는 첫번째 편견은(소년 시절의 도깨비나 망령, 악몽 등에 대한 우스꽝스런 편견은 제외한다) 고전에 대한 절대주의였다. 이는 많은 고전을 읽거나 학교에서 수업을 받으면서 자연스럽게 형성된 것인데, 그것을 신봉하는 것도 굉장했다.

나는 최근 1500년 동안, 이 세상에 양식(良識)이나 양심 따위는 존재하지 않았다고 믿고 있었다. 양식이 있는 것, 양심적인 것은 고대 그리스, 로마제국과 함께 멸망해버렸다고 생각하고 있었던 것이다. 호메로스와 베르길리우스(Vergilius : B.C. 70~B.C. 19. 로마 최대의 시인)는 고전이기 때문에 좋은 책이고 타소(Tasso : 1544~1594 : 16세기 이탈리아 최대의 서사시인)는 현대인이 쓴 것이기 때문에 읽을 만한 가치가 없다고 생각했다.

그러나 지금은 다르다. 300년 전의 인간이나 현대의 인간이나 똑같다는 사실을 깨달았다는 말이다. 어느 시대에나 인간적인 속성을 똑같이 갖고 있지만 그 존재 방식이 시대에 따라 변할 뿐이라고. 1500년 전의 동물이나 식물이 300년 전의 것과 아무것도 달라진 것이 없는 것과 마찬가지로, 인간 역시 1500년 전의 인간에 비해 300년 전의 인간이 특별히 똑똑해지거나 현명해졌다고는 생각할 수 없다.

학자연하는 교양인은 고전을 신봉해야만 체면이 서는 줄 알고 있으나 젊은 사람들은 현대적인 것에 열광한다. 그러나 가만히 생각해보면 현대인이나 고대인이나 모두 장점과 단점이 있으며, 좋은 일에도 나쁜 일에도 간여하였다. 아, 한데 나는 너무나 뒤늦게야 그 사실을 알았다.

얼마 전까지만 해도 고전에 대한 독단적인 생각이 상당했고, 종교에 대한 편견도 말할 수 없을 정도로 컸다. 한때는 영국 정교를 믿지 않으면 제아무리 훌륭한 사람이라 할지라도 구원을 받지 못한다고 믿고 있었다.

사람의 생각이나 의견은 쉽게 바꿀 수 없다는 것, 또 타인이 나와 다른 생각을 하듯이 나 역시 타인과 다른 생각을 할 수 있다는 것, 그것은 용서할 수 없는 성질의 것이 아니라 서로의 의견이 진지하고, 그만한 가치가 있다면 존중해야 한다는 사실을 그 당시에는 생각할 수가 없었다.

두 번째 독단적인 생각은, 앞에서도 말한 적이 있지만 사교계에서 남의 눈에 띄기 위해서는 '잘 노는 한량'처럼 보여야 한다는 고정관념이었다. '잘 노는 한량'처럼 보이는 사람들이 사교계에서 주목을 끈다는 말을 듣고 깊이 생각해보지도 않고 그대로 받아들여버린 것이다. 즉, 그것은 나의 짧지만 빛나는 목적이 되었다. 그렇게 된 데는 잘 노

는 한량을 부인함으로써 그것을 목표로 삼고 있는 사람들로부터 비아냥거림을 당할까봐 두려웠는지도 모른다. 그러나 지금은 그런 것이 전혀 두렵지 않다. 하긴 이 나이에야 당연한 것이겠지만 말이다. 현재도 한량인 본인들은 스스로를 '여유 있는 한량'이라고 뽐내고 있다. '잘 노는 한량'으로 보이게 되면 결점으로 작용할 뿐이다. 그들은 인정받고 싶은 사람들에게서 오히려 경멸을 받고 있다. 게다가 그런 부류의 인간들은 자신의 결점을 숨기려 하기보다는 자랑처럼 떠벌이고 다닌다. 편견이라는 것이 이토록 무서운 것이다.

■ 그럴 듯해 보이는 것에 매혹당하지 마라

아들아, 네가 가장 염두에 두어야 할 것은 '내용은 문제투성이지만, 표면적으로는 그럴 듯한 사고방식'이다. 그것은 이해력도 있고 건전한 생각을 가진 사람들이 가끔 진리를 외면하는 데서 비롯된다. 즉, 집중력과 통찰력을 갖지 않아서 왜곡된 사고방식을 믿은 결과이다.

수많은 예를 들 수 있지만, 그것들 중의 하나는 유사 이래 줄곧 믿어져 온 '전제 정치 아래서는 참다운 예술도 과학도 자리잡지 못한다'고 하는 사고방식이다. 과연 자유가 제한되었다고 재능이 봉쇄되어버리는 것일까? 이는 언뜻 보기에는 그런 것 같지만 나는 반대로 생각한다.

확실히 시인이나 변사는 좋아하는 주제를 원하는 방식으로 표현할 수 있는 자유를 빼앗길지 모른다. 그러나 정열을 쏟을 대상을 빼앗기는 것은 아니다. 정말 재능이 있는데도 그것을 완전히 포기해야 할 정도로 척박한 환경은 없다.

이 생각이 잘못되었다는 것을 증명한 사람은 프랑스의 작가들이었다. 코르네유, 라신, 부알로, 라퐁텐 등은 아우구스투스(Augustus : B.C. 63~A.D. 14. 고대 로마의 초대 황제) 시대와 필적할 만하다고 생각되는 루이 14세의 압제하에서 그 재능을 눈부시게 꽃피웠던 사람들이다.

아우구스투스 시대를 대표할 만한 작가들이 재능을 발휘한 것은 잔인하고 아무 내세울 것 없는 황제가 로마 시민의 자유를 구속하고 나서였다는 것을 기억해라. 또 편지라는 것을 다시 평가하게 된 것도 자유로운 사회 분위기 탓이 아니었다. 절대적인 권력을 쥐고 있었던 교황 레오 10세, 그리고 전에 없이 독재 정치를 행한 프란시스 1세 시대에 장려되고 보호된 것이었다.

절대 오해는 하지 말아라. 나는 결코 전제정치의 편에 서서 이야기하고 있는 것은 아니다. 독재는 내가 가장 싫어하는 정치 형태다. 압제는 인간의 기본 권리를 침해하는 범죄 행위라고 생각한다.

■ '정말로 나의 생각인가' 아닌가 따져본다

이야기가 조금 길어졌다. 내가 하고자 하는 이야기의 핵심은 사물을 깊이 관조하는 습관을 기르라는 것이다. 먼저 연습해야 할 것은 현재의 네 사고방식을 하나하나 점검하는 것이다. 그리고 남이 하는 방식을 답습하고 있는 것은 아닌지, 편견이나 독단적인 생각을 갖고 있지는 않은지 살펴보기 바란다.

편견이 없어지면 스스로의 생각으로 여러 사람의 의견을 듣고 옳고 그른가, 잘못됐다면 무엇이 문제인가를 생각하고, 모든 것을 종합해서 네 자신의 의견을 내어보아라.

'좀더 일찍부터 자신이 분석하여두었더라면 좋았을걸' 하고 후회하지 않도록 조금이라도 빨리 시작할 일이다. 물론 사람이 늘 옳은 판단만 할 수는 없다. 틀릴 수도 있다. 그렇지만 깊이 관조하다 보면 실수를 줄일 수 있다. 사물을 관조하는 능력을 보충해주는 것이 책이고, 사람과의 교제이다. 그러나 책이든 사람과의 교제이든 너무 과신하거나

 있는 그대로 받아들여서는 안 된다. 그것들 역시 어디까지나 인간에게 주어진 보조물에 불과하다.

번잡하고 귀찮은 일이 여러 가지로 많지만 이들 중에서 많은 사람들이 생략하고 싶어하는 것, 그것은 바로 '생각'이다. 하지만 앞으로 생각만큼은 생략하지 말아라.

03
지식인이 지녀야 할 미덕

누군가에게 어떤 장점이나 덕행이 있다면 그에 따르는 단점이나 부덕이 있는 법이다. 사람은 불완전하기 때문에 한순간의 실수로 생각지도 못한 과오를 범하는 수가 있다. 관대함이 정도가 지나치면 응석받이를 만들고, 절약은 인색함을, 용기는 무모함을 낳고, 지나친 신중은 비겁함을 낳는다.

그러고 보면 결점이 없도록, 그리고 부도덕한 행동을 하지 않도록 주의하는 것 이상으로 장점이나 덕행도 주의할 필요가 있다.

부도덕한 행위는 추악하게 보인다. 그러므로 그것을 보면 무의식중에 눈을 돌려버리게 되어 더 이상 깊이 관련되는 것을 피한다. 물론 잘

위장되어 있으면 이야기는 달라지지만 말이다.

그러나 도덕적 행위는 아름답다. 따라서 처음 보았을 때부터 마음을 빼앗기고, 보면 볼수록, 알면 알수록 매료되어 간다. 그리고 얼마 안 가 자신도 취해버리는 것이다(아름다움에 관해서는 언제나 그렇지만).

올바른 판단력이 필요한 것은 이때다. 도덕적 행위를 지속시키기 위해서는, 장점을 잃지 않기 위해서는, 매혹당하여 정신을 잃으려고 하는 자신을 채찍질하여 잘 버텨내야 한다.

내가 이런 이야기를 하는 이유는 '학식이 풍부'한 사람이 빠지기 쉬운 함정에 관해 말하고 싶었기 때문이다.

제아무리 폭넓은 지식을 쌓아도 올바른 판단력이 없으면 '아니꼽다' 라든가 '유식한 체한다'는 등의 험담을 듣게 된다. 너도 언젠가는 폭넓은 지식을 쌓게 될 것이다. 폭넓은 지식을 쌓게 되었을 때 보통 사람이 빠지기 쉬운 함정에 빠지지 않으려면 지금부터 주의를 해두는 게 좋다.

■ 학문은 높게 몸가짐은 겸허하게

학식이 높은 사람은 자신의 지식을 과신한 나머지 남의 의견에 귀를 기울이려 들지 않는다. 그리고 일방적으로 대답을 강요하거나 멋대로 단정을 내리기도 한다.

그런 행동은 과연 어떤 결과를 낳을까? 상대방에게 무시를 당한 사람들은 모욕을 당하고 상처를 입었으므로 온순하게 따르지 않는다. 분명 격분하고 반항할 것이다. 심한 경우 법적 수단에 호소하는 사태가 발생할 수도 있다.

이것을 피하기 위해서는, 지식의 양이 늘어나면 늘어날수록 좀더 소극적으로 행동해야 한다. 소극적 행동이란 겸허하게 행동하며 자기 자신을 내세우지 말아야 한다는 뜻이다. 그리고 확신이 있는 일에 관해서도 너무 내색하지 않는 것이 좋다. 그리고 의견을 말할 때도 딱 잘라서 말하지 않는 것이 좋다. 남을 설득하고 싶으면 상대편의 의견에 차분히 귀를 기울여야 한다. 그만한 겸허함이 없으면 학식이 위협을 당할 수 있다.

만일 네가 학자인 체하다가 '아니꼬운 녀석'이라는 지탄을 받기 싫다면, 그렇다고 또 무식한 사람처럼 보이기도 싫다면, 가장 좋은 방법은 자기 지식을 자랑하지 않는 것이다. 이야기를 할 때는 동료들과 비슷한 수준으로 맞춰라. 화려한 미사여구도 쓰지 말고, 순수하게 내용만을 전달하면 된다. 주위 사람보다 조금이라도 더 낮게 보이려 하거나 학문이 높다는 걸 과시했다간 도리어 망신만 당한다.

지식은 회중시계처럼 살짝 호주머니에 넣어두는 것이 좋다. 굳이 그럴 필요도 없는데 호주머니에서 꺼내 보거나, 남에게 시간을 가르쳐주려 하거나 할 필요는 없다.

학문은 꼭 필요한 장식품 같은 것으로, 언제나 몸에 지니고 있는 것이 좋다. 몸에 지니고 있지 않으면 크게 창피를 당한다. 그렇지만 그것을 뽐내거나 하여 비난을 받지 않도록 하는 것이 중요한다.

04

공부만 잘하는 바보가
되지 마라

오늘은 녹초가 될 정도로 피곤하다. 아니, 곤죽이 되었다고 하는 게 정확할 것 같다. 먼 친척뻘 되는 사람이 찾아왔는데 그는 높은 학문을 닦은데다가 신사였다.

이 글을 읽고 너는 '무엇 때문에 피곤하다는 걸까? 훌륭한 사람을 만났는데'라는 생각이 들 것이다. 그러나 사실 그는 뭐라 말할 수 없는 '구제불능의 인간'이었다.

이 인물은 기본 예의도 지킬 줄 모르고, 제대로 말을 할 줄도 모르는 '학자 바보'였다.

흔히 잡담을 근거도 없는 시시한 이야기라고 하는데, 이 사람이 하는 이야기는 모조리 근거가 있는 이야기뿐이었다. 진절머리가 날 정도로 말이다. 나는 그냥 잡담이라면 얼마든지 들어줄 용의가 있었다.

그는 아마 오랫동안 연구실에 처박혀서 많은 책을 읽고 많은 연구를 한 끝에 자신의 이론을 확립했을 것이다. 이론으로 중무장한 그는 내가 반대 의견을 제시하기라도 하면 당장 자기 주장을 들고 나와, 눈을 까뒤집고 분개하는 것이었다. 확실히 그의 주장은 모두 지당한 것이었다. 그런데 문제는 현실성이 결여되어 있다는 사실이었다.

그 사람이 왜 그렇게 되었을까? 이유는 서재에 처박혀 책만 읽었지, 사람들과 교제를 하지 않았기 때문이다. 학문에는 조예가 깊었지만 현실의 인간에 대해서는 무지하기 그지없었다.

자기 생각을 말로 옮기는 데도 몹시 서툴렀다. 어떻게 표현해야 할지 모르는 것 같았다. 그가 어렵게 시작한 말도 얼마 못가 끊어지기 일쑤였다. 게다가 그는 무뚝뚝하기 그지없고 동작은 어설프기 짝이 없었다. 그를 보면서 생각했다. '아무리 학식이 풍부한 인물이라도 대화 나누기가 이렇게 힘들어서야 원!' 그리고 이런 결론을 내렸다. '이런 사람과 이야기를 나누느니 차라리 교양 없는 수다쟁이 여인과 이야기하는 편이 훨씬 낫다'고.

■ 세상 물정 모르는 학자만큼 위험한 사람은 없다

세상이 어떻게 돌아가는지 제대로 모르는 자가 설파하는 이론은 정말이지 듣기 거북하다. 내가 세상은 그렇게 판에 박은 듯 움직이지 않는다는 것을 알기 때문에 더욱 피곤함을 느낄 것이다. 답답하여 '세상은 그런 것이 아니란 말이오'라고 일침을 놓고 싶지만, 그것으로 간단히 끝날 문제가 아니다. 게다가 상대는 이쪽 말에는 아예 귀도 기울이지 않는다.

하긴 그럴 만도 하지. 그는 옥스퍼드대학이며 케임브리지 대학에서 힘들여 연구한 사람이니까. 예컨대 그는 인간의 두뇌에 관해서, 마음에 관해서, 이성, 의지, 감정, 감각, 감상에 관해서… 등등, 보통 사람이 생각지 못하는 것까지 세분화해서, 인간을 철저히 연구하고 분석하고, 그렇게 해서 자기 학설을 확립한 위인이다. 그러니 그렇게 쉽게 물러설 리가 없지. 자기 주장이 옳다고 생각하는 것은 당연하지 뭐냐.

인간의 심리를 공부하는 것은 나름대로 의미 있는 일이라고 생각한다. 다만 문제는 그가 실제로 인간을 관찰한 적도 없고, 교제한 일도 없으므로, 모든 인간은 제각기 다른 개성을 갖고 있다는 것, 서로 다른 관습, 편견, 기호가 있다는 것, 그리고 한 사람 안에 그것들이 모두 어우러져 존재한다는 것을 전혀 모르고 있는 것이다. 요컨대 살아 있는 인간에 관해서는 전혀 무지하였다.

그런 상황이기 때문에, 그가 연구 중에 '인간은 칭찬을 받으면 기뻐한다'는 이론을 발견했다 치자. 자신도 그것을 직접 실천하려고 했지. 하지만 어떻게 칭찬해야 할지 알 수가 없다. 모르면 어떻게 해야 할까? 무턱대고 칭찬할 수밖에 없다. 그렇게 되면 결과는 뻔하지 않은가.

칭찬한다고 의도했던 말이 그 장소에 전혀 어울리지 않았거나, 상황과 맞지 않았거나 기회가 좋지 않았거나… 이런 형편이라면 차라리 아무 말도 하지 않은 편이 나았을 것이다.

사람들 대부분의 머릿속에는 자신의 생각으로 가득 차 있다. 주위 사람들이 지금 어떤 상황에 있는지, 뭘 주제로 이야기를 하고 싶어하는지 생각조차 하고 있지 않음은 물론 또 생각하려는 마음 역시 없다.

어떻든 그는 칭찬을 실행에 옮겨본다. 물론 앞뒤 생각지도 않고 말이다. 칭찬을 받은 사람은 어리둥절하고, 당황하고, 다음에는 어떤 말을 듣게 될까 조마조마해할 것이 분명하다.

■ 인간은 다양한 빛깔로 변신이 가능하다

세상을 모르는 학자들은 아이작 뉴턴이 프리즘을 통해 빛을 보았을 때처럼, 인간이 몇 가지로 분류되어 있는 것처럼 생각한다. 이 사람은 저 빛깔, 저 사람은 이 빛깔이라는 식으로. 그러나 오랜 경험을 한 염색업자는 다르다. 빛깔에는 명도와 채도가 있다는 걸 알고 있다. 단순히 한 빛깔로 보여도 여러 가지 색이 섞여 있다는 것을.

인간은 하나의 빛깔로 이루어지지 않았다. 한 가지 색에 다른 빛깔이 곁들여져 있거나 각각 농도가 다르다. 비단이 빛을 받는 상황에 따라서 다양한 빛깔로 변하는 것처럼 인간도 역시 그처럼 변하는 것이다.

사람이 환경에 따라 수시로 변한다는 사실은 많은 사람들이 알고 있는 상식이다. 그러나 세상과 격리된 연구실에서 홀로 연구에 전념한 이 자신만만한 학자는 이런 사실을 모른다. 이것은 머리로 생각해서 알 수 있는 것이 아니므로. 자신이 연구하여 발견해낸 이론을 실천하려고 해도 쉽지 않다. 춤을 춰 본 적도, 배운 적도 없는 사람은 아무리 멋진 음악이 흘러나와도 원시적인 형태의 동작 외에는 어떤 움직임도 불가능할 것이다. 이것 역시 사람과 부닥치며 배워야 할 것들이다.

하지만 세상에 뛰어들어 직접 보고, 듣고, 경험한 사람들은 전혀 다르다. 이들 경험자는 칭찬의 위력을 알기 때문에 어떤 장소에서 어떤 방법으로 칭찬을 해야 가장 효과적인지 알고, 이를 자연스럽게 행한다. 마치 환자의 체질에 따라 조제를 다르게 하는 의사처럼.

■ 책에서 얻은 지식을 실생활에 적용해야 비로소 '지혜'라는 꽃이 핀다

너는 지식도 인격도 제대로 갖추지 못한 사람이 자신보다 여러 가지로 뛰어난 사람을 능수능란하게 조종하는 것을 본 일이 없을 것이다. 나는 지금까지 살아오면서 가까이서 그런 사람을 몇 번 목격했다. 그런 일이 실제로 가능한 것은 지식이나 인격의 기반은 약해도 세상을 사는 지혜가 뛰어난 사람의 경우였다. 이들 지혜꾼들은 지식과 인격은 있지만 세상 물정에 어두운 사람들의 맹점을 파고들어 그들을 마음대로 조종하고 있었던 것이다.

세상을 눈으로 보고 관찰하고, 직접 체험해서 알고 있는 사람은 단지 책을 통해서밖에 세상을 모르는 인간과는 근본적으로 다르다. 결과적으로 경험자가 훨씬 우위에 있다. 그것은 잘 훈련받은 말이 노새보다 훨씬 쓸모가 있다는 이론과 똑같다.

너도 이제부터 지금까지 공부해온 것, 보고 들은 것들을 총괄하여 자기 나름의 판단을 해서 자신의 인격과 행동 양식을 만들어 나가야 할 시기에 이르렀다. 그런 후 세상을 좀더 깊이 알아가고, 스스로를 연마해가면 된다. 그런 뜻에서 사회에 관해 씌어진 책을 읽는 것은 너에게 도움이 될 것이다. 책에 기록된 사실과 현실을 비교해보면서 공부를 해라.

예컨대 오전의 공부 시간에 라 로슈푸코(La Rochefoucauld : 1613~1680. 프랑스의 모럴리스트)의 격언을 몇 개 읽고 깊이 고찰하였으면, 저녁의 사교 모임에 가서 이를 적용해서 대화를 나눠보면 좋다.

라 브뤼에르(La Bruyere : 1645~1696. 프랑스의 모럴리스트)의 책을 읽었으면 실제로 사교장에서 그의 이론을 실천에 옮겨보는 것도 좋다.

책에는 인간의 마음의 움직임이나 감정의 동요 등이 세밀하게 묘사되어 있다. 책을 통해 그 사실을 배우는 것은 매우 효과적이다. 그렇지만 그것으로 끝나서는 안 된다. 실제로 사회에 발을 들여놓고 사람들과 교제를 하면서 관찰을 해라. 그런 경험이 이루어지지 않으면 책을 통해 얻은 지식은 죽은 지식이나 마찬가지가 된다. 때로는 그것이 너를 엉뚱한 방향으로 이끌기도 한다. 방 안에 세계지도를 펴놓고 눈이 뚫어지게 바라본들 세계에 관해 무얼 알겠느냐.

05
설득력은 정확하고
품위 있는 표현에서 생긴다

오늘은 영국에서 율리우스력(Julius
曆)을 그레고리력(Gregorius曆)으로 개정하기 위한 법안을 상원에 제
출하였을 때의 일에 관해 이야기하겠다. 틀림없이 너에게 참고가 될
거다.

율리우스력이 태양력을 11일 초과하고 있는 부정확한 달력이라는
것은 모두들 잘 알고 있다. 그것을 개정한 사람이 교황 그레고리우스
13세이다. 그레고리력의 우수성은 당장 유럽의 가톨릭 국가에 받아들
여졌고 계속해서 러시아와 스웨덴, 영국을 제외한 모든 프로테스탄트
국가에 받아들여졌다.

나는 유럽의 주요 국가들이 그레고리력을 사용하고 있는데, 우리 나라만 여전히 문제가 많은 율리우스력을 그대로 쓰고 있다는 것은 국가 경쟁력이 떨어지는 일이라고 생각하였다. 그런 생각은 나 외에도 해외를 드나드는 정치가들이나 무역상들도 달력으로 인한 불편함과 불합리성을 느끼고 있었다.

그래서 나는 결심했다. 영국의 달력을 개정하기 위해 여론을 수렴하고 법안을 상정하기로 말이다.

■ 한 나라의 역사를 바꾼 나의 '화술'

결심을 굳힌 나는 이것을 실행에 옮겼다. 나는 나라에서 최고라고 알려진 법률가와 천문학자 몇 사람의 협력을 얻어서 법안을 작성하였다. 그런 일을 하면서 나는 말할 수 없는 곤욕을 치러야 했다. 법안을 작성하면서 법률 전문 용어와 천문학상의 계산이 나를 혼란스럽게 했기 때문이다. 그리고 나는 그 어느 쪽 사정도 정통해 있지 못했다.

법안을 통과시키기 위해서는 나에게도 그것과 관련된 지식이 어느 정도 있다는 사실을 의회 사람들에게 알릴 필요가 있었고, 또 나와 마찬가지로 그쪽의 지식이 무지한 의원들에게 납득을 시켜야만 했다.

내 입장에서는 천문학에 관한 설명을 하는 것도, 켈트어나 슬라브어를 배워 그 언어로 말을 하는 것처럼 크게 어려운 일은 아니었지만 의원들 편에서 보면 어려운 천문학의 이야기 따위는 별 흥미가 없었을 것임에 틀림없었다. 그래서 결단을 내렸다. 내용 설명이나 전문용어의 나열은 집어치우기로 말이다. 나는 의원들의 마음을 움직이는 일에만 노력을 기울이기로 했다.

나는 이집트력에서부터 그레고리력에 이르기까지의 그 탄생 배경을 가벼운 일화를 섞어 가면서 재미있게 설명하였다. 말투, 화법, 몸놀림에 특히 신경을 써서 말이다. 아, 이것은 정말이지 대단한 성공을 거두었다. 앞으로도 그런 방법은 대단한 성공을 거둘 것임에 틀림없다.

놀랍게도 의원들은 내 말에 쉽게 납득을 했다. 과학과 관련된 설명은 전혀 하지 않았고, 또 그렇게 할 생각도 없었음에도 여러 의원들이 나의 간단한 설명으로 모든 것을 명백히 이해했다고 하는 것이었다.

나의 설명에 이어 법안 통과를 후원하여 법안 작성에 누구보다도 힘을 써준, 유럽 제일의 수학자이자 천문학자이기도 한 마크레스필드 경이 간단한 이론을 설명하게 되었다. 그런데 그의 설명하는 태도가 맘에 안 들었는지 정확하게는 알 수 없지만 모든 찬사가 나에게 집중되어버렸다. 세상은 그런 것이다. 실로 불합리한 일이지만 말이다.

너도 그런 경험을 했을 것이다. 목소리가 거친데다가 거북한 억양을

섞어 말을 하거나 앞뒤 맞지 않는 엉망진창인 언어구사를 하는 사람의 말을 듣는 것 말이다. 그럴 경우, 상대방의 말에 귀를 기울이기도 싫고 그 사람의 인격에도 눈을 돌리고 싶지 않는 건 당연하다. 적어도 나는 그렇다.

하지만 이와는 반대로 흥미롭게 이야기를 이끌어가는 사람의 이야기는 내용을 쉽게 이해할 수도 있고, 이야기하는 사람도 매우 매혹적으로 보인다.

■ 이미지를 연출하는 것이 중요하다

아들아! 만일 네가 정계에 진출하려고 했을 때, 국민에게 호소하고 싶은 말을 논리정연하게만 연설하면 된다고 생각한다면 터무니없는 착각이다. 사람들 앞에서 이야기할 때는 이야기의 내용보다는 달변가인가 아닌가에 따라서 청취자의 자세는 달라진다.

작은 모임에서 사람의 마음을 매료시키고자 할 때든, 공적인 모임에서 청중을 설득하고자 할 때든 중요한 것은 내용이 아니다. 말하는 사람의 분위기 즉 표정, 몸짓, 품위, 목소리의 톤, 사투리의 유무, 중요한 곳의 악센트, 억양 등 부분적인 것이다.

나는 피트 씨와 스토마운트 경의 백부뻘되는 사법 장관 뮤레이 씨가 우리 나라에서 가장 연설을 잘하는 인물이라고 생각한다. 이 두 사람 외에 영국 의회를 조용하게 만들 수 있는 사람, 즉 과열되는 논쟁을 식힐 만한 인물은 없다. 이 두 사람의 연설은 목소리를 높여 분위기를 엉망으로 만들어버리는 장본인들의 입을 닫게 하는 특효약을 가지고 있다. 그분들이 연설하고 있을 때 가보면 알 수 있다. 바늘이 떨어지는 소리까지 들릴 정도로 사람들이 귀를 기울이고 있음을.

왜 이 두 사람의 연설이 그토록 강렬한 힘을 가지고 있을까? 내용이 훌륭해서? 아니면 정확한 증거를 제시하기 때문에?

그 사람들의 연설에 매료당한 나는 집으로 돌아와, 도대체 무엇이 청중들을 그토록 매료시키는지 연구해보았다. 도대체 그 사람들은 뭘 말했나? 내가 생각해보니 두 사람의 연설은 내용도 없는데다가 테마까지 설득력이 없었다. 요컨대 수많은 사람들이 실은 그 연설자의 표면상의 허상에 매료되어 있었던 것이다.

아무런 꾸밈없는 논리정연한 화술은 지적 인간이 두세 사람 모인 곳에서나, 사사로운 모임에서는 설득력도 있고 매력을 풍길지 모르지만, 많은 군중을 상대로 하는 공적인 장소에서는 그것이 통용되지 않는다.

세상이라는 것은 그런 것이다. 우리들은 연설을 들을 때, 굉장한 가르침을 기대하는 것이 아니라 유쾌한 시간을 보낼 수 있길 원한다. 원래 가르침을 받는다는 것은 그다지 기분 좋은 일이 아니다. 무식하다는 사실을 일깨우는 것과 같기 때문이다. 또 연설이 군중의 귀에 쏙쏙 스며들게 하려면 무엇보다 목청이 좋아야 한다.

그것은 연설이 그다지 능숙하지 못한 이 나라 사람에게, 특히 너의 경우 깊이 생각해볼 가치가 있는 일이다.

06
나를 표현하는 도구, 언행

말을 잘하는 사람이 되려면 어떤 단련이 필요할까?

먼저 말을 잘하는 사람이 되고 싶다는 목표를 세우고, 그것을 실현하기 위해서는 많은 책을 읽고, 매력적인 문장을 눈여겨보는 등 노력을 아끼지 않아야 한다.

그리고 스스로에게 이렇게 속삭여라. '나는 누구보다 뛰어난 사람이 되고 싶다. 그러기 위해서는 말을 잘해야 된다'라고. 그리고 자신이 상대방과 대화를 나눌 때 잘못된 표현을 쓰고 있지는 않은지, 잘못된 어휘를 사용하고 있지는 않는지 찬찬히 따져봐라. 그리고 정확하고 품위 있고 겸손한 화술을 몸에 익히려면 어떻게 해야 하는지 연구해라.

또한 고전은 물론 현대의 웅변가들이 쓴 책을 되도록 많이 읽어라. 그들이 무슨 말을 어떻게 표현하는지 살펴보아라.

■ 책에서 좋은 표현법을 인용하라

독서의 목적이 웅변을 위한 것이라면, 책을 읽을 때는 인물들이 어떤 매력적인 문구를 사용해 대화를 나누는지 눈여겨보아라. 또 어떻게 하면 좀더 나은 표현을 할 수 있는가, 자신이 똑같은 글을 쓴다면 어떤 점이 부족한지 생각하면서 읽는 것이 좋다.

같은 의미를 가진 내용의 글을 쓰더라도 저자에 따라 어떻게 표현이 달라지는지 살펴보면서 읽는 것도 좋다. 아무리 훌륭한 내용이라도 문장이 무미건조하고 품위가 없거나 글에 힘이 없으면 읽고 싶은 마음이 싹 가신다. 내가 하는 말을 마음에 새기고 글을 한 번 잘 살펴보아라.

■ 말이나 글에 자기만의 독특한 스타일을 가져라

제아무리 자유로운 대화라도, 아무리 절친한 사람에게 보내는 편지라도, 자기만의 독특한 스타일이 갖추어져 있다면 사람을 더욱 매력적으로 보이게 한다.

누군가와 만나 대화를 하기 전에 미리 준비를 하는 것이 좋지만, 준비를 하지 못했을 경우에는 이야기가 끝난 뒤에 '좀더 다른 방법으로 표현했으면 훨씬 반응이 좋았을 텐데' 하고 스스로를 반성하는 것도 화술 향상에 도움이 된다.

■ 정확한 어휘를 사용하고 명확한 발음을 하라

아들아, 너는 우리들의 마음을 사로잡는 배우들이 어떤 식으로 말을 하는지 주의를 기울여본 적이 있느냐? 잘 관찰해보면 알겠지만 대부분의 배우들은 발음이 명확하고, 의미 전달을 정확하게 하고 있다.

말이라는 것은 개념을 전달하기 위해 있는 것이다. 그러므로 개념이 제대로 전달되지 않는 어법으로 말을 하거나, 상대를 불쾌한 기분에 빠뜨리는 사람은 어리석음의 극치를 달린다고 할 수 있다.

하트 씨에게 부탁해라. 매일 큰 소리로 책을 낭독하는 걸 들어달라고 말이다. 호흡을 조절하는 방법, 적절한 곳에 악센트를 넣는 방법, 읽는 속도 등에 문제가 있으면 일일이 정정해 달라고 부탁해라. 글을 읽을 때는 입을 크게 벌리고 한 마디 한 마디 명확히 발음하고 조금이라도 빠르거나 발음이 정확하지 않으면 그 자리에서 당장 지적해달라고 하여라.

혼자서 연습할 때도 자신의 말을 잘 경청하도록 하여라. 처음에는 천천히 읽어 말이 빨라지기 쉬운 너의 나쁜 버릇을 고치도록 유의해라. 너의 발음에는 목에 뭔가가 걸려 있는 느낌 같은 게 있다. 특히 빨리 말할 때는 알아듣기가 힘들다. 또 발음이 어려운 자음이 'r'이다. 완벽하게 발음을 할 수 있을 때까지 몇천 번이고 연습해라.

■ 생각을 문장으로 정리하는 습관을 생활화하라

사회적으로 이슈가 되는 문제를 몇 가지 골라서 그것에 관해 제기될 가능성이 있는 찬성 의견과 반대 의견을 머릿속에 생각해라. 그리고 논쟁을 상정하여 보고, 너의 발언을 될 수 있는 대로 품위 있는 영어로 써보는 것은 공부가 된다.

예컨대 상비군의 가부에 관해 생각해본다고 가정해보자. 반대 의견 중에는 강대한 군사력으로 말미암아 주변국에 위협을 줄 염려가 있다는 의견이 있을 수 있다. 찬성 의견 중에는 힘에는 힘으로 대항할 필요가 있다는 의견이 있을 수 있다.

이러한 찬반 양론을 다양한 각도에서 생각해보고, 이를테면 본질적으로 악이라 할 수 있는 상비군을 갖는다는 것이 정황에 따라서는 타국의 공격을 방지할 필요악이 될 수 있는지, 차분하게 생각해보아라. 그렇게 해서 자기 나름대로 생각을 정리하여, 그것을 편안하고 매력적인 문장으로 정리해보면 좋다. 이는 토론의 가장 좋은 연습이다. 또 능숙하게 이야기하는 습관을 몸에 익히는 데 도움이 된다.

■ 듣는 사람이 뭘 요구하는지 먼저 생각하라

사람을 제압하기 위해서는 상대를 너무 과대평가해서는 안 된다고 말한 적이 있다. 이는 연설에서도 그대로 적용할 수 있다. 연설에서 역시 청중을 기쁘게 하려면 그들을 너무 과대평가하지 않는 것이 중요하다.

내가 처음으로 상원의원이 되었을 때, 의회란 존경할 만한 사람들의 집합소라는 생각 때문에 잔뜩 주눅이 들어 있었다. 그렇지만 그것도 잠시일 뿐이었다. 의회의 실정을 알고 나니 나를 주눅 들게 한 요소는 즉시 사라졌다.

560명의 의원들 중에 사려 분별이 깊은 사람은 기껏해야 30명 내외이고, 나머지는 거의 평범한 사람들이었다. 그리고 품위 있고 다듬어진 언어구사를 하는 사람은 그 30명 정도였고, 나머지 의원들은 내용에는 관심도 없고 그저 흥미로운 연설을 듣기를 바랄 뿐이었다.

그것을 알고부터는 연설할 때 긴장하는 버릇이 차츰 없어졌다가 나중에는 청중에 전혀 신경을 안 쓰고 이야기의 내용이나 화술에만 정신을 집중할 수 있었다. 자랑은 아니지만, 그 이후 어느 정도 알맹이가 있는 이야기를 할 수 있을 정도의 실력을 갖추게 되었다.

웅변가는 솜씨 좋은 제화공과 닮았다. 제화공은 '어떻게 하면 고객의 마음을 사로잡을 수 있을까'에 정신을 집중하다가 방법을 터득하고 나면 그 이후로는 기계적으로 일을 할 수 있다. 만일 네가 청중을 만족시키려면 그들이 기뻐하는 것이 무언지 알고 그 부분을 만족시켜주어야 한다. 하지만 연설자가 그들의 개성까지 움직일 수는 없다. 있는 그대로의 그들을 받아들일 수밖에 없는 법이다.

다시 말하지만 그들은 자기들의 오감이나 마음에 드는 것만을 좋아하고 받아들인다.

라블레(Rabelais : 1494~1553. 프랑스의 의학자이자 작가) 역시 그의 처녀작은 그 누구도 거들떠보지 않았다. 하지만 독자의 기호에 맞추어서 쓴 《가르강튀아와 팡타그뤼엘》을 발표하면서 비로소 독자들의 갈채를 받았다.

07
서두르되 허둥대지는 마라

아들아, 얼마 전 네가 지출한 것이라고 하며 90파운드짜리 청구서가 날아왔는데, 그것을 본 순간 지불을 거절하고 싶은 생각이 들었다. 금액이 문제가 아니었다. 그런 경우 나와 미리 상의하는 것이 당연한 처사가 아닐까. 너는 청구서만 보냈을 뿐 편지 한 장 보내주지 않았더구나. 매우 실망했다.

그리고 문제는 너의 서명을 전혀 찾을 수가 없었다는 사실이다. 청구서를 가지고 온 사람이 확대경으로 보고서야 비로소 구석에 처박힌 너의 서명을 확인할 수 있었다. 처음에는 글자를 쓸 줄 모르는 사람의 ×표 서명인가 생각했는데, 웬걸, 그게 너의 서명이더구나. 나는 내 생애를 통틀어 그렇게 작고 형편없는 서명은 처음 본다.

신사나, 적어도 사업을 하는 세계에 뛰어든 사람이면 언제나 똑같은 서명을 하는 것이 관례로 되어 있다. 똑같은 서명을 함으로써 자신의 서명에 익숙해지고, 가짜가 횡행하는 것도 막을 수 있기 때문이다. 또 서명을 할 때는 다른 글자보다 좀 크게 써야 한다. 그런데 너의 서명은 너무나 작고 보잘것없는 것이었다.

그 서명을 보면서, 이 서명으로 인하여 일어날 수 있는 여러 가지 나쁜 정황을 상상해보았다. 각료에게 이런 서명을 한 편지를 보낸다면, 받는 사람은 이것은 보통 사람이 쓰는 글씨가 아니니 기밀 문서일지도 모른다며 암호 해독 담당자에게 넘길지도 모른다.

만약 병아리를 보내는 척하고 그 속에 사랑의 편지를 숨겨 넣는다면 (프랑스의 앙리 4세가 사랑의 편지를 보낼 때 곧잘 사용했던 수법이다. 때문에 지금은 병아리도 짤막한 사랑의 편지도 똑같이 poulet이라는 단어로 표현되고 있다), 그걸 받은 여성은 그 사랑의 편지를 병아리 장사가 쓴 것이라고 생각할 것임에 틀림없다.

■ 언제나 냉정을 잃지 마라

여러 가지로 너무 바빠 허둥대느라고 그런 서명을 했다고 변명할지 모르겠다. 그러면 무엇 때문에 그토록 허둥댔느냐?

분별력이 있는 사람은 서두르는 일은 있어도 허둥대는 일은 없다. 허둥대면 일을 망친다는 사실을 알고 있기 때문이다. 그러므로 현명한 사람들은 서둘러서 일을 완성시키되 허둥거리며 일을 대충 하지는 않는다.

소심한 사람이 허둥댈 때는 자신에게 주어진 일이 힘에 부칠 때이다(대부분이 그렇다). 자신의 힘으로는 그 일을 해내기가 불가능하다는 것을 알기 때문에 허둥대며 뛰어다니거나 골치를 썩인다. 그러다가 결국은 혼란에 빠져서 뭐가 뭔지 모르게 된다. 이것저것 모두 한꺼번에 해치워버리려고 하기 때문에 어느 것에도 손을 댈 수 없게 되는 것이다.

하지만 분별력이 있는 사람은 다르다. 자신이 하고자 하는 일을 완전히 끝마치는 데 필요한 시간을 확보하고 일을 진행해 나가며, 진행할 때도 한 가지 일에 매진해서 서둘러 완성시킨다. 서둘러 일하더라도 냉정을 잃지 않고 허둥대는 일이 없으며, 한 가지 일을 끝맺기 전에는 다른 일에 손대지 않는다.

너도 여러 가지 복잡한 일로 여유로운 시간을 낼 수 없다는 것은 알고 있다. 그럴 때는 절반만이라도 완벽하게 하고, 나머지 절반은 아예 손을 대지 말고 그냥 두는 것이 훨씬 낫다. 게다가 시장 바닥의 잡상인으로 오인받을 정도의 글쓰체는 또 뭐냐. 그런 품위 없는 행동으로 몇 초간의 시간을 벌었다 한들 나머지 시간이 무슨 의미가 있겠느냐.

제6장

"

좋은 친구만큼 큰 재산은 없다

{ 자신을 이끌어 주고 발전시켜줄 친구는
어떻게 찾아야 할 것인가? }

우정은 모든 사람의 생활에 용해되어 있어

그것 없이는 도저히 이 세상을

살아가게 할 수 없게 한다.

M.T. 키케로(B.C. 106~B.C. 43. 로마의 웅변가이자 정치가이며 사상가)

01
친구는 나의 인격을 비추는 거울

아들아! 이 편지가 도착할 즈음이면 사육제 기간인 베네치아에서 흥청거리며 소모적인 날들을 보내고, 토리노로 옮겨 면학 준비에 여념이 없겠지. 토리노에 머무르는 것이 너의 학습 증진에 도움이 되고, 너의 학력을 빛내주기를 기대하고 있다. 그러나 진실을 말하자면 나는 그 어느 때보다도 너를 걱정하고 있다.

들리는 말에 의하면 토리노의 전문학교에는 평판이 나쁜 영국인이 많다고 하더구나. 그래서 네가 이제까지 어렵게 쌓아올린 좋은 이미지를 한꺼번에 허물어뜨리지 않을까 걱정이 되어 견딜 수가 없다. 내가 듣기로 그들은 떼를 지어 다니며, 거칠고 난폭하며 무례한 행동을 하고 있다고 했다.

그런 일은 자기 동료들 사이에서만 행해지면 좋겠는데, 그것으로 만족을 못하는 것 같더구나. 자기들 패거리에 끼이라고 압력을 넣거나 집요하게 권유를 계속하는 모양이다. 그들은 상대가 말을 듣지 않으면 업신여기며 무시하는 수법을 쓴다고 한다. 네 나이의 사회 경험이 없는 젊은이들에게 그 방법은 효과가 있을 것이다. 그것은 압력을 받거나 강제로 권유를 당하는 것과는 비교도 안 될 정도로 자존심을 건드릴 것이다. 제발 그런 일에 말려들지 않도록 조심해라.

일반적으로 젊은이들은 어떤 부탁을 받으면 여간해서 싫다고 딱 잘라 거절하지 못하는 법이다. 싫다고 하는 것이 체면을 손상시킨다고 생각해서일 것이다. 게다가 상대편에게 미안하다는 생각도 들 것이며, 동료들로부터 따돌림을 당하거나 고립되는 것이 두려워서이기도 할 것이다. 그런 생각을 하는 것은 지극히 정상이다. 그러나 상대편의 뜻에 어느 정도 맞춰주고 기분을 좋게 해주려는 너의 의도가 통하는 상대라면 괜찮다. 그렇지 않을 경우는 본의 아니게 상대편에 질질 끌려다니는 최악의 상황과 맞닥뜨리게 된다.

만일 너에게 약간의 결점이 있다면 그 결점만으로 만족하기 바란다. 너의 결점에 남의 결점을 첨가시켜 결점투성이의 인간이 되는 것은 삼가라.

■ 뚝배기 같은 우정이야말로 진정한 우정이다

토리노 대학에는 각양각색의 사람들이 있겠지? 그들과 순식간에 친구가 되고, 그것이 발전해서 끈끈한 우정을 맺을 수도 있다는 생각은 하지 마라. 당치도 않은 자부심이다. 진정한 우정은 그렇게 간단하게 얻을 수 있는 것이 아니다. 오랜 시간 공을 들여서 서로 잘 알고 이해한 후가 아니면 진정한 우정은 싹트지 않는다.

그러나 세상에는 이름만의 우정이라는 것도 있다. 요즘 젊은이들 사이에 유행하고 있는 것이 그것이다. 이런 우정은 잠시 사이에 뜨겁게 달아올랐다가 순식간에 식어버리는 것이 특색이다(순식간에 식으니 그나마 다행이다). 우연히 서로 알게 된 사람들끼리 모여 비행을 저지르거나 노는 것에 정신이 빠지는 일도 있을 것이다. 그것은 즉흥적인 우정이다. 술과 여자로 맺어져 있으니 이 얼마나 환상적(?)인 우정이냐.

차라리 사회에 대한 반항이라고 솔직히 고백을 하고 그런다면 애교라고 봐 줄 수 있지만 경박한 그들이 그런 재치를 발휘할 리가 없다. 자신들의 보잘 것 없는 인간 관계를 우정이라고 부르고, 쓸데없이 돈을 빌려주거나 의리를 지킨답시고 소동에 말려들어 싸움질을 하기도 한다.

이렇게 만난 사람들은 어떤 계기로 사이가 벌어지면 이번에는 손바닥을 뒤집듯이 상대편의 험담을 몽땅 털어놓고 다닌다. 일단 사이가 나빠지면 두 번 다시 상대편을 생각해주지 않는 게 특징이다. 그리고 지금까지의 신뢰관계를 배반하고 우롱하는 걸 멈추려 들지 않는다.

여기서 네가 주의해야 할 것은 친구란 노는 사람과는 다르다는 뜻이다. 함께 있으면 즐겁다고 해서 반드시 좋은 친구라고 할 수 없다. 아니, 오히려 친구로서는 적합하지 않는 인물일 수가 있다.

■ 시시한 인간은 가볍게 대하되 적으로 만들지는 마라

사람에 대한 평가는 어떤 친구가 주위에 있는가로 결정된다고 해도 과언이 아니다. 이를 정확하게 표현하는 말이 스페인에 있다.

누구와 함께 살고 있는지 가르쳐 달라.
그러면 네가 어떠한 사람인지 알아맞혀 보겠다.

주변 친구들이 부도덕하거나 어리석은 사람들이 많다면 그 사람 자체도 의심해봐야 한다. 분명 숨기고 싶은 비밀이 있을 것이다.

그러나 여기서 주의를 하지 않으면 안 되는 것은 부도덕한 자나 어리석은 자가 접근해왔을 경우, 상대가 거부감을 느끼지 않게 피하는 방법이다. 이때 필요 이상으로 냉담하게 대하여 적을 만들 필요는 없다. 친구로 적절치 않은 사람은 주변에 수도 없이 많겠지만 그렇다고 그들을 모두 적으로 만들어서 득이 될 것은 없다.

그런 경우 적도 아니고 친구도 아닌, 가볍게 인사나 하고 지내는 사이로 지내라. 이것이 가장 안전한 방법이다. 그들의 한심한 행동은 비난받아 마땅하지만 인간적으로 모멸감을 느끼게 해서는 안 된다. 그런 사람들에게 적대감을 느끼게 하면 좋지 않다. 친구가 되는 것보다야 낫지만, 곤란한 경우를 당할 수도 있다.

또 중요한 것은, 상대가 누구든 간에 말을 해도 상관 없는 내용과 절대 말을 해서는 안 되는 것, 그리고 해서 좋은 일과 하지 말아야 할 일을 구분하여 자신을 통제하는 일이다. 하지만 머릿속으로 그것을 분석하는 모습을 눈치채게 하는 것은 지극히 나쁘다. 이는 상대에게 불쾌감을 줄 수 있다. 만일 그것이 발각되었을 경우(머릿속으로 분석하는 것) 자신이 순수한 사람이라고 변명하는 것은 상대를 더욱 화나게 할 수 있다.

사물을 깊이 관조하는 사람은 드물다. 대개는 시시한 것에 마음을 빼앗겨 완고하게 입을 닫아버리거나, 반대로 자기가 알고 있는 것, 생각하고 있는 것을 모두 떠벌여 적을 만들어버린다.

02
나를 발전시키는 힘, 친구

친구에 관한 이야기는 여기서 그치고, 이제부터 어떤 사람과 교제할 것인지 알아보자.

■ 아래를 보지 말고 위를 봐라

사람과 만나려면 될 수 있는 대로 자기보다 훌륭한 사람과 만나도록 노력해라. 자기보다 훌륭한 사람과 어울리다 보면 자기도 그 사람처럼 될 수가 있다. 거꾸로 자기보다 못한 사람과 만나다 보면 자신도 모르게 인품이 경박해진다. 앞에서도 밝혔듯이 인간은 교제하는 상대 여하에 따라서 변하는 법이다.

여기서 '훌륭한 사람'이라고 말한 것은 가문이 좋다든가 지위가 높다든가 하는 의미가 아니다. '내실이 있는 사람' '세상 사람들에게 존경받는 사람'을 말한다.

훌륭한 사람에는 크게 두 종류가 있다. 사회에서 주도적인 역할을 하는 사람, 사교장에서 화려한 활동을 하는 사람 등 사회적으로 인정한 걸출한 사람과 특수한 재능이나 개성이 있는 사람, 또는 특정 분야의 학문이나 예술 방면에 일가견을 이룬 사람을 말한다.

그런데 훌륭한 사람이라고 결론지은 사람이 자신의 눈에만 그렇게 보이면 안 된다. 다른 사람들이 모두 '훌륭하다'고 인정하는 사람이어야 한다. 거기에는 몇 사람 정도 예외적인 인물이 있다. 오히려 예외를 두는 것이 정확할 것이다.

겉으로 보면 그럴 듯한 사람들의 모임이 있다. 하지만 속을 들여다보면 단순히 뻔뻔스러움만 가지고 모임의 일원이 되었거나 주변 인물의 소개로 가입하는 등 구성원들의 면면이 시원치가 않다. 하지만 각양각색의 이들 구성원, 즉 전혀 엉뚱한 인격의 소유자나 색다른 도덕관을 가진 사람을 관찰하는 것은 즐겁고 유익하다. 게다가 주류를 이루는 사람들이 훌륭하다면 괜찮다.

그리고 겉으로는 신분이 높은 사람들만의 모임으로 포장을 했지만 그 고장에서 훌륭하다고 인정을 받고 있지 않는 한 믿을 수 없다. 신분이 제아무리 높아도 머리가 빈 사람, 상식적인 에티켓을 지킬 줄 모르는 사람, 아무짝에도 쓸모없는 한심한 생각을 가진 사람이 있기 때문이다.

학식이 높은 사람들만이 모인 그룹도 마찬가지다. 이런 성격의 그룹은 세상 사람들로부터 정중한 대접을 받거나 존경을 받는 것은 사실이지만 교제하기에 적합한 그룹이라고는 말하기 어렵다. 앞에서도 언급했던 것처럼 그들은 느긋함이나 즐거움과는 담을 쌓고 산다. 오직 학문만 알 뿐 세상을 모른다.

그러한 그룹에 받아들여질 만한 재주가 네게 있다면 가끔 얼굴을 내미는 것도 좋다고 생각한다. 그 일로 너에 대한 평판이 좋아지면 좋아졌지 나빠지지는 않을 것이다. 그렇지만 그 그룹에 틀어박혀 지내는 것은 생각해볼 일이다. 예컨대 '세상 물정 모르는 먹물들의 동료'라는 이미지가 너무 강하게 박혀 사회 활동에 족쇄가 되지 않을까?

■ '적당히' 거리를 두고 교제하는 것도 중요하다

재기 넘치는 시인이나 그에 준하는 인물들에 대해서는 젊은이들이 함께 시간을 보내고 싶어 안달을 하더구나. 그런 만남을 통해 자신에게도 예술적 끼가 발견되면 몹시 즐거워한단다. 또 끼가 없는 사람은 끼가 있는 사람과 교제하고 있는 것을 자랑스럽게 느낄 것이 분명하다. 그러나 그런 재기 넘치는 매력적인 인물과 교제할 경우에는 완전히 빠져서는 안 된다. 어느 정도 거리를 두고 교제하는 것이 좋다.

끼라는 것은 남에게 좋은 뜻으로만 받아들여지는 것은 아니다. 이는 공포심을 일어나게 할 수도 있다. 끼가 있는 사람들은 대부분 일방적인 성격이다. 그들은 주위 사람의 눈을 의식하지 않고 재치 있는 농담을 하여 좌중을 즐겁게 하기도 하는데, 사람들은 이를 두려운 눈으로 바라볼 수도 있다. 그것은 여성들이 총을 보고 무서워하는 것과 비슷하다. 언제 안전장치가 벗겨져, 총탄이 자기를 향해 날아올지도 모른다고 생각하기 때문이다.

그렇지만 이러한 사람들과 서로 알고 지내면서 교제를 갖는 것은 나름대로 의미도 있고 즐거운 일이다. 하지만 아무리 매력이 있다 하더라도 어느 정도 거리를 두는 것이 좋다. 다른 사람과의 교제를 전면 중지하고 그 사람과만 교제를 한다는 것은 문제가 있다.

■ 결점까지 칭찬하는 사람을 멀리하라

어떤 경우라도 피해야 할 대상은 수준 낮은 사람과의 교제이다. 인격적으로 모자라고, 덕이 없고, 머리가 나쁘고, 사회적 지위가 낮은 사람, 아무것도 내세울 것이 없는 사람, 오직 너와의 교제에서 위안을 삼으려고 하는 사람을 피해라. 그런 사람은 너를 붙잡아두기 위하여 너의 결점까지 일일이 칭찬할 것이다. 그런 사람과는 절대 교제해서는 안 된다.

너는 내가 이렇게 당연한 문제를 가지고 이러쿵저러쿵한다고 생각할지 모른다. 그러나 수준 낮은 사람과의 교제가 해악이라는 것을 강조하고 싶다. 분별력도 있고 사회적 지위도 있는 사람들이 그런 수준 낮은 사람과 교제하여 신뢰감을 잃고 타락해 가는 것을 가까이서 수없이 보아왔기 때문이다.

여기에서 가장 문제가 되는 것은 허영심이다. 허영심 때문에 인간은 많은 잘못을 저지르고 어리석은 행동도 서슴지 않는다. 어느 모로 보나 자기보다 수준이 낮은 사람과 교제를 하는 사람은 대부분 허영심이 많다. 사람은 심리적으로 자기가 속한 그룹에서 으뜸이 되기를 바란다. 동료로부터 칭찬을 받고 싶고, 존경을 받고 싶고, 마음대로 동료를 조종하고 싶어한다.

그런 시시한 찬사를 듣고 싶어 수준이 낮은 사람들과 사귀게 되는 것이다. 그 결과는 뻔하지 않느냐. 그렇다. 그 사람들과 같은 수준이 되는 것은 시간 문제이다. 나중에는 좀 나은 사람과 교제를 하려 해도 쉽지 않게 된다.

다시 한번 말하지만 사람은 교제하는 상대와 똑같은 수준까지 올라가기도 하고, 내려가기도 한다. 사람들은 너의 주변 인물들을 보고 너를 평가할 것이다.

03
기회는 스스로가 만드는 것

지금도 나는 사교장에 나가 훌륭한 사람들을 소개받았을 때의 설렘을 뚜렷이 기억하고 있다. 아직 케임브리지 대학의 학생티를 벗지 못하고 있던 시절, 그저 눈앞에 있는 어른들이 눈부시고 어렵기만 하여, 몸도 제대로 가누지 못했던 청년 말이다. 우아하게 행동해야 된다고 스스로를 질책해보았지만, 인사조차도 부자연스럽기 짝이 없었다. 누군가가 말을 걸어와 내가 말을 하려고 했지만 손도 발도 머리도 입도 나의 명령을 듣지 않았다.

사람들이 서로 귓속말로 뭔가 소곤거리는 모습을 보기라도 하면 나의 이야기를 하는 것이라고 생각되었고, 그 자리에 있는 모든 사람들

이 나를 손가락질하고, 바보 취급을 하고, 비판하고 있다고 생각하였다. 사실 나같은 풋내기 따위에게 신경을 쓸 사람이 있을 리도 없는데 말이다.

나는 잠시 동안 마치 감옥 속에 들어온 죄수와 같은 심정으로 그 자리에 서 있었다. 만일 눈앞에 있는 사람들과 교류를 통해 나 자신을 갈고 닦아야겠다는 생각을 하지 않았다면 나는 그 자리에서 당장 물러나고 말았을 것이다. 하지만 나는 끝까지 그 자리에 머물러 있었다. 어떻게 해서든지 그 모임에 나 자신을 융합시키지 않으면 안 된다고 생각했다.

그렇게 결심을 하고 나자 마음이 조금 편안해졌다. 그리고 로봇같이 경직된 인사는 더 이상 하지 않았고, 말을 붙여오는 사람에게 더 이상 더듬거리지 않게 되었다.

■ '행운'은 자기 자신이 만드는 것이다

내가 사교장에서 매우 곤혹스러움을 느끼고 있다는 것을 알았는지, 누군가가 와서 말을 걸어주었다. 이때 나는 '천사가 나에게 용기를 주러 온 것'이라고 생각했다.

드디어 용기가 조금 솟아났다. 나는 아주 고상하게 보이는 부인에게로 다가가서 용기를 내어 말했다. "오늘은 날씨가 아주 좋군요." 하고. 그러자 그 부인은 정중하게 "나도 그렇게 생각해요." 하고 대답해주는 것이었다. 그리고는 대화가 끊어졌다. 풋내기 젊은이는 더 이상 계속할 말을 찾지 못한 것이다. 그때 부인이 구원처럼 입을 열었다.

"당황하실 필요 없어요. 지금 내게 말을 거는 데 아주 힘들었지요. 음… 하지만 그렇다고 해서 여기 계시는 분들과의 교제를 단념할 생각을 해서는 안 돼요. 다른 분들도 다 읽고 계세요, 당신 마음을. 그리고 당신이 사람들과 흉허물없이 사귀어야겠다고 마음먹고 있다는 것도 알고 있어요. 그 마음이 중요해요. 그 다음은 그 방법을 몸에 익히는 거죠. 당신은 전혀 사교계에 서투른 분이 아니에요. 조금만 수업을 하면 아주 세련된 신사가 되겠는걸요. 내게서 배우고 싶다면 내 제자로 삼아 친구들에게 소개할 수도 있는데…."

그 말을 듣고 내가 얼마나 기뻤는지 상상도 못할 거다. 또 내가 얼마나 얼뜨기 같이 대답을 했는가도 말이야. 나는 두세 번 헛기침을 했다. 그냥 말을 하려니 목에 뭔가가 눌러붙어 있는 것 같아서 목소리를 낼 수 없었단다. 나는 가까스로 소리를 낼 수 있었지.

"말씀 감사합니다. 제가 제 행동에 자신감을 가질 수 없는 데는 이유가 있었습니다. 지금까지 훌륭한 분들과 교제를 못해봤기 때문입니다. 하지만 부인께서 저의 선생님이 되어주신다면 저는 감사하게 받아들이

겠습니다."

나의 더듬거리는 말이 채 끝나기도 전에 부인은 주위에서 서너 명의 친구를 불러모아 프랑스 어로 이렇게 말했다(당시 나는 프랑스에 있었다).

"여러분, 내가 이 젊은이의 교육 담당이 되었습니다. 이분은 그 사실을 몹시 기뻐하고 있습니다. 내가 마음에 들었던 모양입니다. 그렇지 않으면 조금 몸을 떨기는 했지만 용기 있는 목소리로 '오늘은 날씨가 좋군요'라는 말을 걸어주지 않았을 거예요. 여러분도 도와주세요. 모두 함께 협력해서 이 젊은이를 갈고 닦아드립시다. 이분에게는 멘토가 필요합니다. 만일 제가 적절한 멘토가 못된다고 생각하면 다른 분을 추천해드리겠어요. 하지만 그렇다고 해서 오페라 가수나 여배우 같은 사람을 택하면 곤란하겠죠? 그런 사람들과 함께 있으면 고상해지기는 고사하고 재물도 건강도 순식간에 잃게 된답니다. 또 사고방식도 불건전해지고 타락하기 안성맞춤이죠."

부인의 뜻하지 않은 강의를 듣고 그 장소에 있던 사람들이 모두 한바탕 웃었다. 나는 무뚝뚝한 얼굴로 그 자리에 서 있었다. 그 부인이 진심을 말하는 것인지 나를 놀리는 것인지 알 수 없었기 때문이다. 나는 기쁘기도 했지만 한편으로 부끄럽기도 했다. 또 용기와 실망을 동시에 느꼈다.

■ 교제에서 빼놓을 수 없는 건 의욕과 끈기

그 이후 그 부인도, 그 부인이 소개한 분들도 다른 사람들 앞에서 정말로 나를 감싸주었다. 시간이 지나면서 나는 차츰 자신감을 얻게 되었다. 우아하게 행동하는 것이 이제는 부끄럽지 않았다. 훌륭한 매너를 가진 분을 만나면 유심히 보고 있다가 똑같이 행동했다. 시간이 갈수록 보다 자유로운 기분으로 모방할 수 있었고, 결국 그 모방에 내 나름의 방법을 가미하게 되었다.

너도 호감 가는 인물, 또는 사회적으로 성공한 인물이 되고 싶다고 마음먹었으면 목표를 위해 달려가라. 절대 불가능은 없다. 하고자 하는 의욕과 끈기가 필요할 뿐이지….

04
좌절은 인생의 가장 큰 스승

젊은이들은 사물이나 인간은 물론, 보는 것 듣는 것 모두를 지나치게 과대평가하는 경향이 있다. 그것은 경험이 부족하기 때문이다. 시간이 지나고 진실을 알게 되면서부터 모든 것에 대한 기대치가 내려갈 것이다. 인간은 네가 생각하는 만큼 이지적이고 이성적인 동물이 아니란다. 감정의 지배를 받기 때문에 아무리 강인한 인간도 순식간에 무너져버릴 수 있단다.

일반적으로 유능하다고 평판을 받는 사람들도 언제나 강한 것은 아니라는 사실을 너도 알고 있을 것이다. 그런데도 유능하다고 평가를 받는 것은 일반인에 비해 조금 더 노력을 한다는 말이다. 또한 그들은 일반인들에 비해 조금 더 부지런하고, 한 번 결심한 것은 절대 포기하지 않기 때문에 유능하다고 불려지고 우위에 서 있는 것이다.

게다가 그들은 자기 자신을 억제하고 결점을 줄임으로써 매끄럽게 사회 생활을 하고 있다. 그들은 결단코 이성에 호소하여 마음을 움직이는 어리석은 행동은 하지 않는다. 감정과 감각 등 다루기 쉬운 점을 교묘하게 파고든다. 그러므로 실패할 확률은 거의 없다.

하지만 이들 완벽한 그룹들도 자세히 보면 결점이 있다는 것을 금세 알 수 있다. 저 위대한 브루투스(Brutus : B.C. 85~42. 로마의 정치가이자 군인)도 그렇다. 마케도니아에서는 도둑질에 버금가는 행동을 하지 않았느냐. 또한 프랑스의 추기경 리슐리외(Richelieu : 1585~1642)도 그렇다. 자신의 시적 재능을 조금이라도 높이 평가받으려고 한심한 흉내를 내지 않았던가. 말버러 공작(Marlborough : 1650~1722)도 그렇다. 얼마나 구두쇠였던가 말이다.

너 자신의 눈으로 인간이란 어떤 것인가를 알 수 있게 될 때까지는 라 로슈푸코(La Rochefoucauld : 1613~1680. 프랑스의 모럴리스트) 공작의 《격언집》을 읽어보기 바란다. 이 소책자를 매일매일 잠시 동안이라도 좋으니 꼭 읽어봐라. 이 책만큼 인간의 모습을 정확히 파악하고, 인간에 대해 많은 것을 일깨워주는 책은 없다고 생각한다.

이 책을 읽고 나면 너도 인간을 필요 이상으로 과대평가하는 일은 없으리라고 생각한다. 그렇다고 해서 너무 우습게 생각하라는 말은 아니다. 그것은 내가 보증한다.

■ 젊은이다운 쾌활함과 밝음을 간직하라

네 나이 또래의 젊은이들은 누구나 힘이 넘쳐흐른다. 옆에서 누군가가 감시하지 않으면 순식간에 탈선할 수 있으며, 잘못하면 넘쳐 목뼈가 부러질 염려가 있다. 그렇지만 이 무모한 젊음이 그렇게 위험한 것만은 아니다. 거기에 신중함과 조심성이 보태지면 사람들에게 대환영을 받을 것이다.

그러니 젊은이에게 흔히 있는 달뜬 흥분은 조금 가라앉히고, 젊은이다운 쾌활함과 밝은 면은 살려서 당당히 사람들 속으로 들어가라. 젊은이의 변덕은 고의적인 것이 아니라도 사람들을 화나게 하지만 발랄하고 기운찬 모습은 사람들을 매료시키기에 충분하다.

시간적 여유가 있다면 만나야 할 사람들의 기본 성격이나 그 사람이 처해 있는 상황을 미리 조사해두는 것이 좋다. 그렇게 해두면 지레짐작으로 오해를 하는 실수를 피할 수 있다.

앞으로 네가 알게 될 사람들 중에는 마음씨가 좋은 사람 이상으로

나쁜 사람도 많이 만날 것이다. 주위를 보면 남을 비난하기 좋아하는 사람들이 많이 있는데, 알고 보면 그들이야말로 비난받아 마땅한 사람들이다. 그러한 사람들에 대해서는 그 자리에 있는 모든 사람에 해당하는 장점을 찾아 칭찬해주거나 단점을 옹호해주면 좋다. 그렇게 하면 그것이 아무리 일반론이라 하더라도 자기 자신을 두고 한 말이라고 생각하여 기뻐할 것이다.

■ 실패와 좌절감이야말로 최고의 스승이다

사람은 자기보다 뛰어난 사람들 속에 끼여 있으면 남들이 자기만 보고 있는 듯한 느낌이 든다. 주변에서 소곤대면 자신의 말을 한다고 생각하고, 웃고 있으면 자기를 보고 비웃는 것이라고 생각하기 쉽다. 또 뭔가 명확한 뜻을 알 수 없는 말을 들을 경우, 그 말을 억지로 자기에게 적용시켜 자신을 경멸했다고 착각을 하고는, 계속 오해를 한다.

스크라브는 자신의 저서 《계략(Stratagem)》에서 그런 상황을 아주 재미있게 묘사하고 있다. "저렇게 큰 소리로 웃고 있잖아? 나를 보고 웃고 있는 것이 틀림없어"라고.

너보다 뛰어난 사람들 속에 섞여 좌절감을 맛보고 실패를 거듭하는 동안 너도 차츰 세련된 한 사람의 사회인이 될 것이다.

　남자든 여자든 가리지 말고 네가 가장 편하게 생각하는 사람 5~6명에게 '저는 젊고 경험이 부족해서 자주 무례한 짓을 저지릅니다. 당신들이 저의 실수를 발견했을 때는 주저 마시고 지적해주시기 바랍니다.' 하고 부탁해보아라. 이후 지적을 받으면 우정의 증거라고 생각하고 '감사합니다'라는 말을 잊지 말도록 해라.

　이처럼 속마음을 숨김없이 드러내어 상대편의 도움을 청하고, 그들의 도움에 감사의 뜻을 표하면 지적해준 사람도 보람을 느낄 것이다. 그리고 그 사람들은 주변 사람들에게 너의 이야기를 좋게 해서 너의 힘이 되도록 부탁해줄 것이다. 그렇게 하면 많은 사람들이 진정 애정 어린 마음으로 너의 실수, 예컨대 무례한 행위나 부적절한 언동을 충고해줄 것이다. 그러다 보면 너는 몸도 마음도 자유롭게 되고, 그 누구와 함께 있어도 카멜레온처럼 변화무쌍한 변화를 보여줄 수 있을 것이다(이는 상대방에 따라 적절히 대처한다는 뜻임).

05
허영심을 향상심으로

허영심이란 조금 부드럽게 말하면 남으로부터 찬사받고 싶은 마음이다. 사실 허영심은 어느 시대, 어느 인간이나 보편적으로 가지고 있는 마음이다. 한데 이 허영심이란 놈을 잘못 다루면 어리석은 언동이나 범죄 행위를 저지르기도 한다. 그렇지만 남에게 칭찬받고 싶은 마음은 대체로 향상심으로 연결이 된다.

물론 향상심으로 발전시키기 위해서는 그에 상응하는 사려 깊음이 있어야 하지만, 결과적으로 본다면 허영심은 소중하게 잘 보살피면 그만한 가치가 있는 것이 틀림없다.

남으로부터 인정받거나 칭찬받고 싶은 마음이 없으면 우리는 무슨 일에나 무관심하게 되고, 어떤 의욕도 일어나지 않는다. 그리고 실제로 손에서 일을 놓게 되고, 이는 자신이 가지고 있는 능력을 발휘할 수 없도록 연결된다. 그리하여 결국은 자신의 실력 이하로 보이는 것에 만족해야 한다. 그런데 허영심이 강한 사람은 다르다. 실력 이상으로 보이려고 노력을 한다.

나는 여태껏 너에게 그 어떤 것도 숨기려고 하지 않았다. 앞으로도 지금까지 해왔던 것처럼 나의 결점까지도 모두 다 보여줄 것이다. 사실을 고백하자면 나도 허영심이 많은 사람이다. 그러나 나는 이 허영심을 부끄럽게 생각하지 않았다. 오히려 허영심을 잘 이용하여 지금의 내가 있었다고 생각하는 사람이다. 사람들이 칭찬하는 장점은 바로 허영심이 나를 강하게 밀어올려준 덕택이라고 말하고 싶다.

■ 항상 최고가 되고 싶다는 마음이 능력을 이끌어낸다

내가 사회에 첫발을 내디뎠었을 때, 출세욕은 굉장했다. 어떠한 일이 있더라도 사람들로부터 인정, 찬사, 인망을 얻어야 한다는 열망으로 가슴이 뜨거웠다. 지나친 출세욕 때문에 때로는 어리석은 행동을 하기도 했지만 그 이상으로 현명한 행동도 했다.

이를테면 남성들만 모여 있는 자리에서 이들 가운데 최고가 되어 보이자는 생각을 했다. 그 자리에서 가장 카리스마 넘치는 사람과 같은 정도의 매력을 발휘하는 남성이 되려고 마음먹었던 것이다. 그 생각이 나의 잠재 능력을 끌어내어 으뜸까지는 아니었어도 둘째 셋째는 되게 하였다.

얼마 지나지 않아 나는 모든 사람의 주목의 대상, 즉 중심적 인물이 되었다. 일단 그렇게 되자 사람들은 내가 하는 말에 대해 누구도 간섭을 하지 못했다. 드디어 카리스마 넘치는 사나이가 된 것이다. 내가 하는 말 한 마디 한 마디가 유행이 되고, 모두들 나의 말과 행동 하나하나를 모방하여 말할 수 없는 기쁨을 가져다주었다. 나는 남녀를 불문하고 어떠한 모임에도 반드시 초청되었고, 그곳에서는 내가 분위기를 좌지우지했다.

나의 존재가 부각되자 유서 깊은 가문의 여인들 사이에 뜬소문이 돌기도 했다. 그리고 그 진위조차 알 수 없는 뜬소문은 사실로 발전하면서 나를 더할 수 없이 행복하게 했다.

나는 남성을 대할 때, 상대를 만족시키기 위해 프로테우스(Proteus : 그리스 신화에 나오는 바다의 신. 갖가지 모습으로 둔갑하여 예언력을 발휘했다)처럼 변신하였다. 밝고 쾌활한 사람들 사이에서는 누구보다도 밝고 쾌활하게 처신하였고, 위엄 있는 사람들 앞에서는 더욱 위엄 있게 처신하였다. 나는 누군가가 조금이라도 호의를 베풀거나, 작은 도움을 주었을 때는 결코 그것을 그냥 지나친 적이 없었다. 하나하나에 마음을 쓰고 인사를 했다.

모두들 나의 행동에 만족해했고, 나는 그런 것을 빌미로 더욱 친화력을 쌓아갔다. 이렇게 해서 나는 순식간에 그 고장의 명사를 비롯하여 최고 계층의 인물들과 교제를 할 수 있었다.

철학자는 허영심을 두고 '인간이 가진 야비한 마음'이라고 했다. 그러나 나의 생각은 다르다. 허영심이 있었기에 현재의 나라고 하는 유사 이래의 특별한 존재가 형성된 것이다. 나는 허영심은 성공을 이루는 초석이라고 생각하기 때문에, 젊은 시절 나를 지배했던 허영심이 너에게도 있었으면 좋겠다. 허영심만큼 인간을 출세시키는 것도 사실은 없다.

06
할 수 있다는 믿음을 가져라

얼마 전 로마에서 갓 귀국한 분으로
부터 너만큼 로마에서 환대를 받은 사람은 없을 것이라는 말을 듣고
무척 기뻤다. 파리에서도 틀림없이 환대를 받았겠지? 파리 사람들은
외지에서 온 사람들, 특히 예의 바르고 따뜻한 마음씨를 가진 사람을
좋아한다.

그렇지만 그러한 호의에 응석으로 답변을 하면 안 된다. 그들은 너
에게 호의를 베푼 만큼 너도 자기네 나라를 사랑하고, 자기들의 관습
이나 생활 습관에 호의를 보여주길 바랄 것이 틀림없다.

하지만 그런 것을 입 밖에 내어 말을 하라고 하지는 않겠다. 그렇게

하는 것도 나쁘지는 않지만 그런 마음을 행동으로 보여주는 것이 더 좋다. 파리에서 환대를 받았으면 받은 만큼 답례를 해야 한다고 생각하는데, 네 생각은 어떻느냐. 내가 만일 아프리카에 가서 굉장한 환대를 받았다면 상대가 누구든 간에 반드시 그만한 답례를 할 것이다.

■ 있으나마나한 교양보다는 쾌활함과 끈기가 훨씬 낫다

파리에서의 너의 거처 문제는 해결되었다. 기숙사에 즉시 입주할 수 있도록 조치를 취해놓았다. 정말 다행이지 않느냐. 최소한 2년간은 기숙사에 기거할 수 있다는 것이 얼마나 행운인지 모른다. 첫째로 호텔에 머물게 되면 날씨가 아무리 나쁘더라도 반드시 매일 학교까지 가야 한다. 물론 시간 낭비이다.

그러나 그것이 문제가 아니다. 네가 기숙사에 있게 되면 파리의 상류 사회 젊은이들의 반수 이상을 사귈 기회가 생길 것이다. 따라서 얼마 안 가서 너도 파리 사교계의 일원으로 따뜻하게 맞아들여지게 될 것이다. 이런 차려놓은 밥상을 받는 영국인은 내가 알기로는 네가 처음이다. 게다가 그에 드는 비용은 생각보다 저렴하여 내 호주머니에 부담이 가지 않는다. 그 점은 마음을 놓아도 된다.

게다가 너의 프랑스 어는 거의 완벽에 가깝다고 할 수 있으므로, 곧 프랑스 사회에 익숙해져, 지금까지 파리에서 생활한 어떤 사람보다도 충실한 나날을 보내게 될 것이다. 정말 너는 운도 좋다.

유감스럽게도 많은 영국 청년들이 프랑스로 유학을 가지만 프랑스 어를 제대로 구사하는 사람이 극히 드물다. 유학생들은 언어 문제에만 곤란을 겪는 것이 아니라 사람들과 어울리는 방법을 모르기 때문에, 제대로 의사 전달을 못하므로, 프랑스 사회를 이해하려고 해도 쉽지가 않다.

그런 시간이 지속되면 결국 그들은 겁쟁이가 된다. 겁을 먹는 것은 좋지 않다. 사람이 자신감이 없으면 상대가 남성이든 여성이든 자기 수준 이하의 사람과 사귀게 된다. 무엇을 하든지 간에 본인이 자신없다고 하면 그 어떤 것도 해낼 수 없는 것이다. 하지만 '할 수 있다'고 결심하고 노력하면 어떤 어려운 난관도 극복할 수 있다.

너도 주위에서 그런 사람을 본 적이 있을 것이다. 다른 사람에 비해 특별히 능력이 있는 것도 아니고 교양이 있는 것도 아닌데, 쾌활하고 적극적이고 끈기 있는 성격으로 출세한 사람을. 그런 사람은 남성으로부터나 여성으로부터나 거부당하는 법이 없다. 그리고 어떠한 고난이 닥쳐도 좌절하지 않으며, 열 번을 넘어져도 다시 일어나 돌진한다. 그리고 최종적으로 십중팔구 의지를 관철시킨다. 그런 사람이야말로 '존경할 만한 사람'이라고 할 수 있다.

너도 그런 사람의 마인드를 닮았으면 좋겠다. 너는 기본적으로 인격과 교양이 있으므로 조금만 노력하면 누구보다 빨리 확실한 목표에 도달할 것이다. 너에게는 자질도 있고, 지치지 않는 힘이 있다.

■ 끝까지 노력하면 길은 열린다

아들아, 사회에서는 사람을 평가할 때 능력이 첫째 조건이다. 거기에 더하여 자신의 신념을 확고하게 갖고 있되 그것을 불필요하게 드러내지 않아야 한다. 사람에게 확고한 의지와 불굴의 끈기만 있으면 무서울 것이 없다. 무턱대고 불가능에까지 도전할 필요는 없지만, 가능성이 있는 일에는 갖가지 수단과 방법을 동원해 도전하면 길은 열리게되어 있다. 한 가지 방법이 안 통하면 다른 방법을 쓰면 된다.

역사를 거슬러 올라가보면 강력한 의지와 끈기로 계획한 일을 성공시킨 사람이 많다는 사실을 알 수 있다. 예를 들어 마자랭(Mazarin: 1602~1661. 프랑스의 정치가이자 추기경)과 여러 번 교섭한 끝에 피레네 조약을 체결한 재상 돈 루이 드 알로가 좋은 예이다. 그는 타고난 냉정함과 끈기로 교섭을 벌여 자신의 의견을 관철시켰는데, 이때 자신이 원하는 요구안을 단 한 발짝도 양보하지 않고 합의에 도달케 했다.

마자랭은 이탈리아인 특유의 쾌활함과 성급함으로 똘똘 뭉친 사내였다. 한편 돈 루이는 스페인인 특유의 냉정함과 침착성, 인내력을 겸비한 인물이었다. 교섭 테이블에 앉은 마자랭이 관철시켜야 할 문제는 파리에 있는 숙적 콩데 공이 다시 반란을 일으키지 못하도록 저지하는 일이었다. 성질이 급한 그는 조약 체결을 빨리 마무리짓고 파리로 돌아가고 싶었다. 파리를 비워놓는 동안 무슨 일이 일어날지 알 수 없었기 때문이었다.

한눈에 이를 간파한 돈 루이는 교섭을 할 때마다 콩데 공의 이야기를 꺼내는 것을 잊지 않았다. 그러자 마자랭은 교섭 테이블에 앉아 있는 일조차 고통스러울 정도가 되었다. 결국 끝까지 냉정함을 잃지 않은 돈 루이가 프랑스 왕조의 이익에 반하여 조약을 유리하게 체결하는 데 성공한 것이다.

중요한 것은 불가능한 것과 가능한 것을 분별하는 능력이다. 비켜갈 수 없는 큰 장애가 있지 않는 한 정신력과 끈기가 있으면 어떤 일이든지 헤쳐 나갈 수 있다. 물론 그에 앞서 주의력과 집중력이 필요한 것은 말할 나위도 없다.

제7장

인간 관계의 비결

나는 뒤에서 남을 칭찬하고 있는가.
또한 자연스런 배려를 하고 있는가.

인간, 이 얼마나 위대한 걸작인가.

늘 고귀함을 잃지 않고 능력은 무한하고,

천사와 같이 행동하고, 이해와 용서는 신의 경지에 이르렀다.

참으로 인간은 전 지구촌을 통틀어 가장 아름다운 생명체요,

만물의 영장이다.

셰익스피어(1564~1616. 영국의 극작가)

01
침묵하고 있어도 장점은 빛난다

앞장에서는 어떤 사람과 교제를 해야 하는지 이야기했으니, 오늘은 좋은 교제를 하려면 어떻게 해야 되는가에 대해 쓰겠다. 여기에는 나의 오랜 경험이 녹아 있으니 틀림없이 도움이 될 것이다.

먼저 말해두고 싶은 것은 사람에 대한 깊은 애정이다. 네가 아무리 훌륭한 사람과 우정을 쌓고자 하지만 상대를 진심으로 기쁘게 해주려는 마음이 없으면 불가능하다.

언젠가 네가 스위스를 여행하고 있을 때 어떤 사람으로부터 분에 넘치는 대접을 받아 무척 기뻤다는 편지를 보내온 적이 있었지. 그때 나

는 친절을 베푼 사람에게 감사의 편지를 보냈고, 동시에 네게도 편지를 써 보냈는데 지금도 간직하고 있느냐?

이런 내용 말이다.

「남이 너에게 마음을 써준 것이 그렇게 기뻤다면 너도 남에게 그처럼 마음을 써주어라. 네가 마음을 써주고 친절하게 해주면 상대는 한없이 기뻐할 것이다.」

이는 사람과의 교제에서 가장 중요한 대원칙이다. 사람은 사랑하는 사람이나 존경하는 친구에 대해서는 자발적으로 상대방을 염려하고 기쁘게 해주고자 하는 마음이 솟아나는 법이다. 마음 없이 하는 유머가 진정 상대를 즐겁게 해줄 수 있을 거라고 생각하니? 교제의 핵심은 상대방을 생각하는 마음이다. 기본적으로 그런 마음을 갖고 있다면 어떤 상황에서도 모범적인 행동을 할 수 있다.

사람을 기쁘게 해주려는 마음은 누구에게나 있다. 그러나 그 방법을 제대로 알고 있는 사람은 그다지 많지 않다. 그렇다고 해서 무슨 특별한 규정이 있는 것은 아니다. 하지만 네가 꼭 알아두어야 할 것이 있다. 그 중요한 원칙은 남이 너에게 해주어서 기쁜 것을 너도 남에게 해주는 것이다. 잘 생각해보면 알 수 있다. 남이 네게 무엇을 해주었을 때 가장 기뻤는지. 그걸 알았으면 똑같은 일을 하면 된다. 상대방도 틀림없이 기뻐할 것이다.

그렇다면 상대방을 기쁘게 해주는 좋은 교제를 하기 위해서는 어떠한 일에 주의해야 할까?

■ 대화를 독점하지 않는다

우선 말을 하고 싶다고 해서 혼자서만 계속해서는 안 된다. 만일 혼자서 오랫동안 말을 해야 할 경우에는 적어도 듣는 사람이 지루하지 않도록 이야기를 해야 한다.

그렇지만 그 경우 역시 최소한도로 줄여서 이야기해야 한다. 원래 대화라는 것은 혼자 독점해서는 안 되기 때문이다. 특히 제각기 자기의 의견을 제시할 시간이 주어진 경우, 자신에게 주어진 시간만 활용해야 한다.

언제나 혼자서만 계속 이야기하는 사람이 있다. 그런 사람은 대개는 그 장소에 있는 가장 말수가 적은 사람이나 옆자리의 조용한 사람을 붙잡고 작은 소리로 끊임없이 소곤거린다. 핵심도 없고 재미도 없고, 남들이 이미 알고 있는 정보들을. 이런 행동은 타인을 고통으로 몰아

넣을 수도 있다는 사실을 너도 알겠지? 게다가 그것은 공명정대한 태도가 아니다. 대화라는 것은 공동에게 주어진 공공의 시간이다.

반대로 네가 그런 몰지각한 사람에게 붙잡혔을 때, 그것을 참을 수밖에 없는 상태라면 어쩔 수 없이 견뎌야 한다. 겉으로는 그 사람에게 주의를 기울이고 있는 척하라는 말이다. 냉정하게 거절해서는 곤란하다. 네가 가만히 귀를 기울여주어 더없이 기쁨에 차 있는 사람을 당혹스럽게 만들지 말아야 한다. 대화 도중에 등을 돌리거나 아주 참을 수 없다는 듯한 표정을 짓고 있는 것만큼 모욕적인 행동은 없다.

■ 상대에 따라서 화제 고르기

화제는 그 장소에 모인 사람들의 관심 분야이거나, 또 모든 사람에게 유익한 것을 고르는 것이 좋다. 역사 이야기, 문학 이야기, 외국의 정세 등은 날씨 이야기나 옷 이야기, 세간의 스캔들보다는 훨씬 유익한 화제다.

하지만 가볍고 유머러스한 이야기가 필요한 경우도 있다. 내용적으로는 아무 쓸모가 없는 이야기지만 여러 종류의 사람이 모였을 때는 공통의 화제로서 아주 적절하다.

그리고 무엇인가 협상을 하는 중에 긴장된 시간이 계속될 경우, 험악한 분위기를 누그러뜨리기 위해서 가벼운 이야기를 하면 무거운 분위기를 단번에 씻어낼 수 있다. 그런 때 가벼운 유머 감각을 발휘하면 최고다. 슬쩍 먹는 것에 대한 이야기를 하거나 술의 향기나 제조법 등에 관해 화제를 돌려보아라. 얼마나 분위기를 부드럽게 만들 수 있는지.

상대에 따라서 화제를 바꾸라는 말은 새삼스럽게 더 말을 할 필요도 없으리라 생각한다. 내가 가르쳐주지 않았다고 해서 네가 언제나 똑같은 화제를 똑같은 태도로 꺼낼 정도의 바보는 아니기 때문이다. 정치가에게는 그들만이 흥미를 느끼는 분야가, 철학자 역시 그들만이 흥미를 느끼는 분야가 있게 마련이다. 물론 여성들 역시 그들만이 흥미를 느끼는 분야가 따로 있다.

인생 경험이 풍부한 사람은 대화 방법을 잘 알고 있다. 상대방에 따라 빛깔을 달리하는 카멜레온처럼 자유자재로 분위기며 화제를 바꾸어라. 이는 전혀 교활하거나 야비한 짓이 아니다. 사람과의 교제에 있어 중요한 윤활유가 되는 것이다.

그렇다고 네가 그 장소의 분위기를 이끄는 리더가 될 필요는 없다. 주위 분위기에 자기를 맞추는 선에서 약간은 수동적이 되는 것이 좋다. 장소에 따라서 진지하게, 또는 쾌활하게 행동을 해라. 필요하면 농담을 하여 분위기를 유화시키는 것도 좋다. 이것은 많은 사람들 속에

끼어 있을 때의 에티켓이다.

그리고 네가 일부러 말하지 않아도, 상대는 너의 장점을 알 것이며, 이는 자연스럽게 대화 속에서 스며나올 것이다. 만일 자신 있게 말할 수 있는 이야깃거리가 없으면, 네가 화제를 택하기보다는 상대가 바보 같은 이야기를 하더라도 아무 말 말고 맞장구를 쳐주어라.

그리고 될 수 있는 대로 의견이 대립되는 화제는 피하는 것이 좋다. 그렇지 않으면 이견을 가진 편에서 으르렁거리며 달려들 수도 있다. 의견이 대립되어 토론이 싸움으로 이어질 조짐을 보이면 얼버무리든가 기지를 발휘하여 그 화제에 종지부를 찍는 것이 좋다.

■ 자기 이야기만을 하지 마라

무슨 일이 있어도 절대로 해서는 안 되는 것은 자기 이야기이다. 이런 일은 가능한 한 피하도록 해라. 아무리 훌륭한 사람이라도 자기 이야기를 할라치면 갖가지 가면을 쓴 허영심이나 자존심이 자연히 머리를 쳐들고 나와서 다른 사람에게 불쾌감을 주게 된다.

자신의 이야기에도 여러 가지가 있다. 화제의 흐름과는 무관한 자기 이야기를 갑자기 꺼내어 결국에는 자기 자랑으로 끝내는 사람이 있는데, 이것은 주위 사람들에게 불쾌감과 동시에 지루함이라는 이중의 고통을 안겨준다. 또한 자기의 이야기를 교묘하게 끌어내는 사람도 있다. 예컨대 자기가 이유 없이 비난을 받고 있는 것처럼 행동하여, 그런 비난은 온당치 못하다(물론 본인이 그렇게 생각하고 있을 뿐이지만)는 듯 자기의 장점을 죽 열거하면서 자기를 정당화하고, 그것에 덧붙여 자기 자랑을 하는 것이다.

그들은 말한다.

"이런 말을 하는 것은 사실 우습죠. 나도 그 부분에 대해선 인정하고 있어요. 하지만 너무한단 말이에요. 나도 내가 하지도 않은 일로 이렇게 심한 비난을 받지만 않았다면 쓸데없이 이런 말은 하지 않았을 거예요."

확실히 어떤 사람에게도 '정의'는 있다. 따라서 비난을 받게 되면 그 혐의를 벗기 위해서, 보통 때는 입에 담지도 않는 말을 하는 것은 당연하다고 생각한다. 그러나 가만히 생각해보아라. 그것이 얼마나 얄팍한 행동인가를. 자신의 허영심을 위해서라면 염치 불구하고 옷을 벗어던져도 좋다고 생각하니 말이다. 그런 조심성 없는 행동은 하지 않는 것이 좋다. 속셈이 뻔히 보이지 않느냐.

똑같은 자기 이야기를 하는데, 유치하게 자기를 비하시키는 방법을 쓰는 사람도 있다. 이것은 더욱 어리석은 수작이다. 그런 사람은 상대에게 자기는 약한 인간이라고 고백을 한다. 그러고 나서 자기의 불행을 한탄하고 그리스도 교의 칠덕(七德)을 맹세한다. (물론 그런 행동을 하면서 다소 부끄러움이나 망설임을 느끼고 있기는 하지만….)

이런 사람들은 사회의 실상을 제대로 알지 못하고 있다. 그런 식으로 불행을 한탄하여도 주위 사람들은 누구도 동정을 하거나 힘이 되어 주지 않는다. 다만 난처해하고 당황할 뿐이다. 본인들이 입으로 변명 아닌 변명을 하듯 그들에게는 '힘이 부족'한 것이다. 그러므로 어떻게 해줄 수도 없다. 따라서 한탄을 듣는 쪽에서는 당연히 당혹스러울 수밖에 없다.

그런데 거기까지 머리가 돌아가지 않는 한탄쟁이들은 스스로도 바보 같은 짓임을 알면서도 계속 푸념을 하는 것이다. 그들도 분명히 알고 있다. 자기처럼 결점투성이의 인간은 성공은커녕 사회를 순탄하게 살아가기조차 어렵다는 사실을.

그러나 안타까운 것은 그들이 그 버릇을 고치지 못하는 불행을 안고 살아간다는 사실이다. 그래서 최후의 발버둥, 최후의 저항을 마구 주위 사람들에게 하고 있는 것이다. 그런 일이 정말 있었느냐고 반문할지 모르지만 이는 진실이다. 너도 살아가면서 복병처럼 이런 사람의 출현을 만날 것이니 미리 알고 있어라.

■ 자기 자랑을 한다고 상대가 다른 눈으로 보지는 않는다

정말이지 견딜 수 없는 것은 시시한 자기 자랑을 끊임없이 늘어놓는 인간이다. 허영심이나 자존심, 그것이 겉으로 드러나지 않는 것은 그나마 나은 편이다.

칭찬받고자 하는 욕심에서 자기 자랑을 마구 늘어놓는 사람을 너도 더러 보았을 것이다. 그런데 그들의 이야기가 진실이라고 하더라도(그런 일은 좀처럼 없지만), 자랑이 칭찬으로 연결되는 경우는 여간해선 없다.

예컨대 자기와 그다지 관계가 없는 일을 자랑스럽게 이야기하는 사람이 있다. 즉, 자기는 저 유명한 누구의 자손이라든가, 유명한 사람이 친척 또는 지인이라는 것을 팔아먹는 사람 말이다. "우리 할아버지는 아무개입니다. 백부는 아무개이며, 친구로는 무슨무슨 직위에 있는 사람이 있습니다."라고 지칠 줄 모르고 자랑을 늘어놓는다. 아마 그들 대부분은 제대로 한번 만나지도 못했던 사람들일 것이다. 그렇지만 뭐, 그건 그렇다고 해두자.

문제는 그것이 정말이라고 해도, 그래서 어쨌단 말인가. 그렇다고 해서, 자신이 훌륭해지기라도 한단 말인가? 그렇지 않다는 사실은 너도 알겠지?

　자기를 나타내보일 만한 방법이 없을 경우,
이런 거짓말도 한다. 혼자서 술 대여섯 병을
비웠다고 자랑을 하는 것 말이다. 당연히 거짓말이다. 그것이 사실이
라면 그 사람은 괴물이다.

　이처럼 우리 인간은 허영심 때문에 끝이 없을 정도로 바보스런 말을
하기도 하고 이야기를 과장하고 있다. 하지만 그들은 그 허영심으로
본래의 목적을 달성시키기는커녕 주변사람들에게 평가절하당하고 있
다. 본질과 전혀 다른 이야기를 꺼내어 자기 자랑을 한다는 것은 실제
로 내용이 없다는 것을 노골적으로 공개하는 것이나 다름없다.

■ 장점은 침묵하고 있을 때 빛난다

　어리석은 행동을 멈추는 유일한 방법은 자기 이야기를 하지 않는 것
이다. 자기의 경력이나 학력 등을 공공연히 떠들어댈 필요는 없다. 자
기 자랑을 하고 있다고 오해받을 만한 말은 직접적이든 간접적이든 일
체 삼가는 것이 좋다.

　인격이라는 것은 선악에 관계없이 언젠가는 알려지게 되는 법이다.
일부러 자신의 인격에 대해 이러저러한 말을 할 필요는 없다. 게다가

이 인격이라는 것은 자신의 입으로 말해버리면 장점이 희미하게 변질되는 성질이 있다.

그런 면에서는 침묵이야말로 장점을 드러내는 최고의 기술이다. 적어도 점잖다는 사실만은 확실히 보장받게 되지 않는가 말이다. 더구나 불필요한 질투나 비방, 또는 비웃음을 받아 정당한 평가가 방해받는 일은 없다. 그리고 아무리 교묘하게 숨기고 있다 하더라도 자기 스스로 그것을 말해버리면 주위 사람에게 반감을 사고 생각지도 않은 결과에 실망을 하고 말 것이다. 그런 일을 방지하기 위해서라도 되도록 자기 이야기는 하지 않는 것이 좋다.

02
언제나 품위를 지켜라

성격이 어두워보이는 사람이나 무엇을 생각하는지 알 수 없는 사람이 있다. 이런 유형의 사람은 실제보다 더 나쁘게 평가받기 쉽다. 이들은 인상이 좋지 않아 공연한 오해를 받기도 한다. 그리고 무엇을 생각하는지 알 수 없는 사람에게는 아무도 자신의 속마음을 털어놓지 않는다.

능력 있는 사람은 신중한 생각을 할지라도 그것을 겉으로 드러내지 않는다. 그들은 사람들과 자연스럽게 어울려 싹싹하고 영리하게 군다. 또한 자기 본심은 감추지만, 언뜻 보기에는 개방적인 것처럼 보이게 하여 상대방의 방어를 풀어버린다.

이들이 입을 꼭 닫고 있는 이유는, 부주의하게 아무 말이나 지껄여버리게 되면 사람들 사이에 퍼져 자기들 편리한 대로 이용되기 때문이다. 그러므로 싹싹하게 행동하는 것만큼이나 신중함도 잃지 않아야 한다.

■ 상대방의 말을 귀가 아닌 눈으로 들어라

말을 할 때는 언제나 상대방의 눈을 보아야 한다. 상대방의 눈을 보지 못하면 무엇인가 양심의 가책을 받는 일이 있는 것이 아닌가 의심을 받는다. 게다가 말을 하고 있는 상대의 눈을 쳐다보지 않는 것은 크나큰 실례이다. 상대방이 말을 하고 있는데 천장을 쳐다본다거나 창문 밖을 내다본다거나 탁자 위에 놓인 담배통을 만지작거리는 행동은 모욕감을 안겨주기에 충분하다. 그런 행동은 천장의 벽지 무늬나 담배통이 사람보다 중요하다고 공개하는 것이나 다름없다.

대화하는 상대를 보지 않고 딴짓을 한다면 조금이라도 자존심이 있는 사람은 화를 내거나 증오심을 잔뜩 얼굴에 담아 미간을 찌푸릴 것이다. 그 누구도 상대방의 노골적인 무관심을 참아내지는 못할 것이다.

상대방의 눈을 보지 않는다는 것은 이쪽의 인상을 나쁘게 하는 것으로 끝나지 않는다. 그것은 자기의 말이 상대방에게 어떻게 받아들여지고 있는지 관찰할 기회를 스스로 놓치고 있는 것이다. 상대방의 마음 속을 알려면 귀보다도 눈을 읽는 것이 정확하다고 나는 생각한다. 마음에도 없는 말을 하는 것은 어렵지 않으나 눈에 그것을 나타내는 것은 극히 어려운 일이기 때문이다.

■ 남을 비방하지 마라

다음으로 당부하고 싶은 것은 눈을 반짝이며 남의 추문에 귀를 기울이거나, 들은 말을 퍼뜨리거나 하지 말라는 것이다. 남의 말을 하는 것은 말할 당시는 즐거울지 모른다. 그렇지만 냉정하게 생각해보면 그런 짓은 아무런 득이 없다는 것을 알게 될 것이다. 남을 헐뜯으면 결국은 헐뜯은 사람이 비난을 받게 된다.

■ 품위 있게 웃어라

어떤 경우든 큰 소리로 웃지 마라. 큰 소리로 웃는 사람은 시시한 것에서밖에 기쁨을 발견

하지 못한다는 것을 공표하는 것이나 다름없다. 정말 기지가 풍부한 사람, 분별력이 있는 사람은 남을 바보같이 웃게 하거나 자신도 그런 실없는 웃음을 웃지 않는다.

다시 한번 다짐해두지만 큰소리로 웃는 것은 정말이지 사람을 천하게 보이게 한다. 게다가 무슨 일이 있을 때마다 깔깔거리고 웃는 것은 자신이 바보임을 증명해보이는 것이다.

이를테면 한 친구가 의자에 걸터앉으려고 하는데, 누군가가 뒤에서 의자를 치워버리는 바람에 엉덩방아를 찧게 된다. 그런 상황에서 주변 사람들이 일제히 와 하고 웃는 그런 웃음이야말로 얼마나 저속한 웃음이냐 말이다. 그런데 웃는 당사자들은 그것을 즐겁다고 생각하니, 저급한 즐거움으로 살아가는 사람도 참으로 많은 듯하다. 천하고 한심한 장난이며 시시한 우발 사건을 보고 폭소를 터뜨리는 것말고는 진정 유쾌한 즐거움을 모르느냐고 묻고 싶다. 게다가 그렇게 큰 소리로 웃는 웃음소리는 귀에 거슬리고 보기에도 안 좋다.

바보스럽게 웃는 버릇은 약간의 노력만 하면 간단하게 고칠 수 있다. 시도 때도 없이 웃음을 흘리고 다니는 사람은 '웃으면 즐겁다'는 고정관념에 사로잡혀 있기 때문이다. 그들은 자기들이 허구한 날 바보같은 웃음을 날리고 있다는 사실을 알지 못하고 있다.

■ 나쁜 버릇으로 자신의 가치를 떨어뜨리지 마라

말을 하면서 수시로 웃는 사람이 있다. 내가 알고 있는 와라 씨도 그런 부류이다. 그는 인격적으로 아주 훌륭하지만, 그 버릇만은 고치지 못한다. 웃지 않으면 말을 못하는 버릇 말이다. 와라 씨를 잘 모르는 사람은 시도 때도 없이 웃는 그를 보고 처음에는 조금 머리가 이상한 사람이라고 생각한다. 그것은 당연히 그럴 수 있다.

이외에도 실제의 모습보다 나쁘게 비쳐지는 버릇들이 있다. 사회에 첫발을 내디뎠을 때, 장난삼아 묘한 흉내를 낸 것이 자신도 모르는 사이에 몸에 굳어져 자신의 특징이 되고 만다. 또 주변을 둘러보면 지극히 점잖은 사람이 코를 후비거나 수시로 머리를 긁적거리거나 또는 모자를 만지작거리기도 한다. 그런 사람들의 대부분은 행동이 어딘지 모르게 어색하고 침착성이 없어 보인다.

이상한 버릇을 가진 사람은 많다. 제발 너까지 그런 부류에 섞이지는 말아라. 그런 행동이 나쁜 버릇이라고 규정지을 수는 없으나 보기에 좋지 않다는 것은 확실하다.

03

자기 의견이 분명해야
매력이 있다

기지나 유머, 농담은 한 집단 안에서밖에 통용되지 않는 경우가 많다. 그런 것은 특수한 토양에서만 자랄 수 있기 때문이다. 그것을 다른 땅에 옮겨 심으면 힘을 잃고 만다.

어떠한 그룹에도 그 그룹 특유의 배경이라는 것이 있어 그곳만의 독특한 표현법이나 말씨가 생겨나고, 나아가서는 독특한 유머나 농담이 생겨나는 것이다. 그것을 전혀 다른 환경에서 실행해보면 무미건조하고 아무런 재미도 없어지고 만다.

재미 없는 농담만큼 썰렁한 것은 없다. 순식간에 좌중의 흥이 깨지고, 심한 경우에는 그 농담이 무슨 이유로 재미있다는 것인지 설명을

해달라고 요구하기도 한다. 그럴 때의 비참한 기분은 굳이 여기에 적지 않아도 짐작할 것이다.

농담뿐 아니라 소속이 다른 한 모임에서 들은 이야기를 다른 모임에 가서 함부로 입 밖에 내서는 안 된다. 대단치 않은 일이라고 생각할지 모르지만 그 말이 돌고 돌아서 상상 이상으로 중대한 사태를 초래할지 모르는 일이다.

게다가 그런 짓을 하는 것은 예의에 어긋난다. 특별한 규정은 없지만 어딘가에서 들은 대화의 내용을 함부로 입 밖에 내지 말아야 하는 것은 사람들 사이의 암묵적 약속이다. 그것을 어기면 사람에 대한 신뢰가 무너져 그 어디에도 발을 붙이지 못하게 된다.

■ 자기 의견이 없는 호인은 큰 인물이 될 수 없다

어떤 그룹에나 '호인'이 있게 마련이다. 이들은 호인이라는 이유만으로 그 그룹에 들게 된 사람이다. 하지만 이들 호인들을 잘 관찰해보면 특별한 지식도 없고, 매력도 없으며, 자신감은 물론 뚜렷한 자기 주장이나 의지도 빈약하기 그지없다.

그들은 동료들의 의견에 쉽게 동의하고 양보하고 칭찬한다. 아무리 잘못된 일이라도 많은 동료들이 동의했다는 것만으로 아주 간단히 영합해버린다. 왜 그런 바보 같은 짓을 할까? 이는 그가 자기 의견을 갖고 있지 않기 때문이다.

너는 남의 비위나 맞추는 호인이 아닌 보다 정당한 이유로 그룹의 일원이 되었으면 한다. 그러기 위해서는 의지력과 신념이 있고 올곧은 정신을 갖고 있어야 한다. 그리고 네 생각을 표현할 때는 예의 발라야 하며, 가벼운 유머와 함께 품위를 갖추도록 해라. 지금의 네 나이로는 모임의 중요한 결론을 내리는 일이나 비난하는 말은 삼가는 것이 좋다.

또 호인성 아첨이 아니라면 남에게 붙임성 있게 하는 행동은 비난받을 성질의 것은 아니다. 오히려 사람과의 교제에서 꼭 필요한 것이 붙임성이다.

이를테면 대수롭지 않은 결점은 모른 체해 주고, 눈에 거슬리는 말이나 행동에 대해서도 제동을 걸지 마라. 또 일정한 범위 안에서 적절한 공치사는 필요하다. 그렇게 해야만 사람관계가 부드러워진다. 한편 공치사를 듣는 편도 자신을 치켜세워주면 기뻐하고, 비난하면 더 이상 자기를 향상시키지 못하는 경우가 많다.

■ 공치사도 재능이다

어떠한 그룹에도 그 그룹의 리더가 있다. 리더는 그룹의 말씨, 복장, 취미나 교양을 이끌어가는 인물이다. 리더가 여성이라면 우선 미모, 기지, 복장 그 밖의 모든 면에서 다른 사람에 비해 뛰어날 것이다. 리더는 순간적으로 조직원들을 열광시키기보다는 좀더 근본적인 차원에서 그룹 전체를 이끌어 나갈 수 있는 인물이어야 한다. 모든 사람들의 눈이 리더에게 집중되는 것은 자연스런 현상이다. 이런 사람에게는 일종의 위압감이 있다.

이러한 분위기를 거역하면 어떻게 될까? 그룹으로부터 즉각 추방이다. 어떠한 기지도 예절도 취미도 복장도 당장에 거부당한다. 그러므로 리더에 대해서는 더 이상 생각할 것 없이 그저 따르는 게 좋다. 가벼운 아부도 필요하면 해라. 그러면 리더의 강력한 추천장을 받은 것이나 똑같다. 따라서 너는 그 그룹 내부뿐 아니라 가까운 이웃 영토에까지 자유로이 출입할 수 있는 통행증을 손에 넣을 수 있다.

04
배려와 칭찬으로
상대의 마음을 사로잡아라

누구를 만나든 항상 상대방에 대한 배려를 잊지 마라. 남을 화나게 하기보다는 기쁘게 하고 싶고, 비난을 받기보다는 칭찬을 받고 싶고, 미움을 받기보다는 사랑을 받고 싶으면 꼭 실천해야 할 것이 바로 배려다.

대부분의 사람들에게는 제각기 독특한 버릇이 있다. 취미며 좋고 싫음 같은 것 말이다. 그것을 유심히 관찰해보아라. 그리고 상대가 좋아하는 것은 드러내고, 싫어하는 것은 감추어라. 예를 들어 누군가를 초대했을 때, "당신이 술을 좋아하는 것 같아 준비했습니다."라고 하고, 뒤이어 "그분을 별로 좋아하지 않는 것 같아 오늘은 같이 초대하지 않았습니다." 라고 말하면 상대는 자신의 마음을 배려해주는 것 같아 매우 기분이 좋을 것이다. 이러한 자연스런 배려는 상대방의 마음을 열게 하고, 뒤이어 감격으로까지 연결이 된다.

이와는 반대로 상대가 싫어한다는 것을 알면서도 그것을 드러내는 일 따위를 한다면 결과는 각오해야 한다. 상대방은 자신이 무시당했다고 생각하고 냉담해질 것이며, 언제까지고 꽁해 있을 것이다.

아주 사소한 것이라도 좋다. 사소한 것을 배려해주면 상대방은 특별한 배려에 두 배의 감사를 표할 것이다.

너도 아주 사소한 배려에 감동받은 적이 있을 것이다. 인간이라면 누구나가 가지고 있는 허영심이 그 일로 인해 얼마나 만족감을 느끼는가를 알아라. 그뿐이 아니다. 그 사소한 배려로 이후 그 사람에게 호의를 느끼게 되고, 그 사람이 하는 행동 모두를 받아들이게 된다. 인간이란 어찌 보면 매우 단순하단다.

■ 상대방이 칭찬받고 싶어하는 것을 찾아서 칭찬하라

누군가 특정한 사람의 마음에 들고 싶고, 그 사람의 마음을 사로잡고 싶다는 생각이 들면 그 사람의 장점과 단점을 찾아내어 장점을 칭찬해라.

모든 사람에게는 제각기 재능이 있다. 대부분의 사람들은 자신의 재능을 인정받고 싶어한다. 그리고 그 중 진정으로 뽐내고 싶은 '재능'을 칭찬받는 것을 원한다. 이는 자존심을 만족시켜주는 최고의 찬사다.

예를 들어 당시의 정치가로서 (아니, 지금까지의 정치가라고 해도 좋다.) 뛰어난 능력을 보여주었던 추기경 리슐리외의 경우를 상기하기 바란다.

그는 욕심이 아주 많은 사람이었다. 정치가로서의 명성에 만족하지 못하고 시인으로서도 누구보다도 뛰어난 사람으로 인정받고 싶다는 부질없는 허영심을 갖고 있었다. 그는 위대한 극작가 코르네유(Corneille : 1606~1684. 프랑스의 극작가이자 시인)의 명성을 질투하여 평론가에게 명령을 내려 일부러 《르 시드》의 비평을 쓰게 했다. 이때 아부 잘하는 많은 사람들이 리슐리외의 정치적 능력에 대해서는 언급하지 않거나 언급을 하더라도 형식적으로만 하고 시인으로서의 재능을 몹시 칭찬했다.

그들은 리슐리외에게 시적 재능이 뛰어나다는 아부를 하는 것이 총애를 받는 최고의 명약이라는 것을 간파했던 것이다. 리슐리외는 정치적으로는 능력이 있었지만 시인으로서는 재능이 없었던 사람이었다.

어떤 사람도 남으로부터 칭찬을 받으면 기분이 좋아진다. 그것을 발견하기 위해서는 시간을 두고 유심히 관찰해야 한다. 특히 그 사람이 즐겨 화제로 삼는 것이 무엇인지 말이다. 대부분의 사람들은 자기가 칭찬받고 싶은 것, 우수하다고 인정받고 싶은 것을 가장 많이 화제로 올리는 법이다. 그곳이 바로 급소다. 그곳을 찌르면 상대방을 공략할 수 있다.

■ 때로는 눈감아주어라

내 말에 부디 오해는 말아다오. 내가 하는 말은 야비한 아첨으로 사람을 조종하라는 것이 아니다. 즉 남의 결점이나 잘못된 행동까지 칭찬하라는 말은 아니다. 그런 걸 칭찬해서는 안 된다. 잘못된 행동을 하고 있을 때는 그것이 옳지 않다고 당당히 말해야 한다.

그렇지만 명심해주기 바란다. 인간의 결점이나 천박하고 소갈머리 없는 허영심에 대해서 일일이 말을 했다가는 이 세상을 살아갈 수 없다는 사실을.

사람들이 실제보다 현명하다고 인정받고 싶다거나 실제보다 아름답다고 인정받고 싶다고 해서 그것이 타인에게 해를 입히지는 않는다. 그런 사람을 보면 천진난만하다는 생각을 하게 된다. 그런 사람에게

자신을 똑바로 직시하라고 해보았자 부질없는 짓이다. 그런 말을 해서 상대방을 불쾌하게 만드는 것보다는 차라리 공치사로 기분 좋게 해주어 친구가 되는 것이 낫다.

상대에게 장점이 있으면 기분 좋게 찬사를 보낼 수 있어야 한다. 그리고 너는 찬성하고 싶지 않은데 사회에서 인정하고 있는 일이라면 눈 감고 인정해주는 것이 좋다.

너는 상대방을 칭찬하는 재주가 없어 보였다. 사람들이 얼마나 자기의 생각이나 취미 생활을 지지받고 싶어하는지 몰라서 하는 거다. 그렇지만 자신의 착오나 조그마한 결점은 너그러이 보아주기를 바라고 있다.

대부분의 사람들은 자신의 생각뿐만 아니라 버릇이나 복장과 같은 시시한 것까지도 흠을 잡히면 불쾌하게 생각하고, 인정을 받으면 기뻐하는 법이다.

재미있는 일화를 소개하마.

악명 높은 찰스 2세의 통치 시대 이야기다. 당시 대법관이었던 섀프츠베리(Shaftesbury : 1621~1683) 백작은 왕의 대신으로 있었는데 개인적 친분관계를 맺고 싶어했다.

왕이 여자를 좋아한다는 것을 알고 있던 섀프츠베리는 거기에서 한 가지 계략을 생각해내어 자기도 첩을 두었다(그러나 이는 쇼였을 뿐 실제로 여자를 가까이 하지는 않았다). 그 소문을 들은 왕은 소문이 사실이냐고 물었다. 그러자 섀프츠베리는 "정말이고말고요. 아내 외에도 여러 명의 첩을 두고 있습니다. 변화가 있으니 생활에 활력을 느낍니다." 하고 대답하였다.

며칠 후였다. 일반 알현식 때, 왕은 멀리서 섀프츠베리를 보자 주위 사람들에게 이렇게 말했다.

"모두들 믿을 수 없겠지만 저기 있는 저 마음 약하고 조그만 사나이가 이 나라 최고의 난봉꾼이라네."

이때 섀프츠베리가 왕에게 가까이 다가가자 사방에서 웃음이 터졌다. 그러자 왕이 말했다.

"지금 그대 이야기를 하고 있었다네."

"예? 제 얘기라니요?"

"그렇다네. 그대가 이 나라에서 제일가는 난봉꾼이라는 얘기를 하고 있던 중이라네. 어떤가? 내 말이 틀리는가?"

섀프츠베리가 말하였다.

"아, 그 이야기 말입니까? 그 부분이라면 제가 이 나라에서 제일간다고 사료되옵니다."

왕이 얼마나 기뻐했는지는 쉽게 상상할 수 있을 것이다.

사람은 저마다 특유의 사고방식, 행동 양식, 성격과 외모를 가지고

있다. 그것들에 관해서는 적어도 입 밖에 내어 이러쿵저러쿵 말하지 않는 것이 일종의 약속처럼 되어 있다. 그러므로 자신과 조금 다르더라도, 그것이 비도덕적 행동이거나 자신의 위신에 해를 주지 않는 한 순응하는 것이 이득이다.

■ **뒤에서 칭찬받는 것, 이보다 더 좋을 순 없다**

사람을 가장 기쁘게 하는 방법이 뭔 줄 아느냐. 조금 전략적이긴 하지만 뒤에서 칭찬하는 일이다. 그러나 뒤에서 칭찬하는 것만으로는 좋은 결과를 얻을 수 없다. 왜냐하면 자신이 칭찬하는 것을 상대방이 몰라줄 수 있기 때문이다.

중요한 것은 칭찬을 전해줄 사람을 잘 선정하는 것이다. 그 말을 전달해줌으로서 덕을 볼 사람을 찾아내야 한다. 그렇게 하면 확실히 전해주는 것은 물론 기분에 따라 과장까지 할 수도 있다. 남에 대한 찬사 중 이보다 더 기쁘고 효과적인 것은 없다고 해도 지나친 말이 아니다.

이상이다. 내가 지금까지 말해온 것들은 네가 사회생활의 첫발을 내디디는 데 좋은 길안내를 해줄 것이다.

나도 네 나이 때 이런 것들을 알고 있었더라면 얼마나 좋았을까? 내가 이런 삶의 상식들을 깨우치는 데 걸린 시간은 35년이다. 그렇지만 네가 그 열매를 거둔다면 얼마나 다행이냐.

05
친구는 많되 적은 적게

이 세상에는 만장일치로 사랑을 받는 사람도 없고, 적이 없는 사람도 없다. 그렇다고 해서 사랑받으려는 노력을 적당히 하라는 말은 아니다.

나의 오랜 경험으로 미루어보면 친구가 많고 적이 적은 사람이 최고의 강자였다. 그런 사람은 좀처럼 원한을 사거나 질투의 대상이 되지 않기 때문에 누구보다 빨리 출세한다. 그리고 몰락하더라도 동정을 받아 끝까지 우아함을 잃지 않는다.

삶의 현장은 정말이지 변화무쌍한 공간이므로, 친구를 많이 사귀고 적을 적게 만드는 것을 항상 마음에 새겨두고 노력해라.

■ 머리가 아니라 배려로 사람을 대하라

너도 고 오몬드(Ormonde : 1610~1688. 아일랜드의 정치가) 공작의 이야기를 알고 있겠지? 머리는 나빴지만 예의 범절에 관해서는 그보다 철저했던 사람은 없다. 나라에서 최고의 인품을 자랑했던 사람이다. 그는 본래 싹싹하고 상냥한 성격인데다가 궁정 생활과 군대 생활에서 몸에 익힌 절도 있고 사근사근한 언행과 자상함은 누구도 따를 자가 없었다. 이런 매력은 자신의 무능력(거의 모든 분야에서 정말이지 무능했다)을 상쇄하고도 남았다. 그는 누구에게서도 재능을 인정받지는 못했지만 모든 사람에게 사랑을 듬뿍 받았다.

그의 인품이 어느 정도였는지 뚜렷이 나타난 사건이 있었다. 앤 여왕이 죽은 후, 불온한 움직임을 일으킨 사람들이 탄핵재판을 받게 되었을 때, 그들의 모의에 동조했다는 혐의로 오몬드 공작에게도 형식상 같은 처벌이 내려졌다. 그 역시 탄핵은 피할 수 없었다. 하지만 정당간의 치열한 다툼에도 불구하고, 그 탄핵은 공작을 철저하게 몰락시키지는 못했다.

오몬드 공작의 탄핵안은 다른 사람에 대한 탄핵안보다도 훨씬 적은 찬성표로 상원을 통과했다. 그리고 탄핵의 주동자였던 당시의 국무대신 스탠호프(Stanhope : 1673~1721. 영국의 군인이자 정치가. 후에

백작이 됨)가 앤 여왕의 뒤를 이은 조지 1세와 발 빠른 교섭을 하여 조정에 나와, 다음날 공작을 왕에게 접견시킬 준비까지 하고 있었다.

이때 오몬드 공작을 빼앗겨서는 이 소송에서 절대 이길 수 없다고 판단한 스튜워트 왕조부활파인 로체스터 주교가, 이 머리가 모자라는 공작에게로 급히 다가가 "조지 1세를 접견해봤자 불명예스러운 복종을 강요당할 뿐 용서받을 수 없다"고 거짓말을 하여 오몬드 공작을 도망치게 했다.

이후 오몬드 공작의 사권(私權) 박탈이 가결되었을 때도 그에 항의하는 대중이 치안을 문란케 하는 등 대소동이 벌어졌다. 공작에게는 적이 거의 없고, 열광적인 팬들만 수천 명이 있었기 때문이다.

오몬드가 일생일대의 고난을 쉽게 빠져나올 수 있었던 것은 남을 기쁘게 해주고자 하는 따뜻한 마음씨를 가지고 있었고, 그것을 실천에 옮겼기 때문이다.

■ 사랑받고자 하는 노력을 게을리 하지 마라

인덕만큼 합리적이고 확실한 재산은 없다. 그 사람을 보다 나은 곳으로 끌어올리는 것은 다른 사람의 호의이며, 애정이고 선의이다.

사람들이 호의을 느끼게 하려면 어떻게 해야 할까? 우선 좋은 매너를 몸에 익히는 노력이 필요하다. 지금까지 노력 없이 뭔가를 얻은 사람은 없다.

내가 말하고자 하는 호의란 연인 사이의 감상적인 감정, 또는 친구 사이의 우정처럼 한정된 인간 관계의 감정을 말하는 것이 아니다. 각 계각층의 사람들과의 만남에서 그들 각자에게 가장 적합한 방법으로 기쁨을 줌으로써 손에 넣을 수 있는 가장 광범위한 애정, 즉 호의를 말하는 것이다.

이러한 관계에서 생기는 좋은 감정은 그 사람과의 이해와 대립되지 않는 한 언제까지고 계속되는 법이다. 그 이상의 호의를 받을 수 있는 대상은 가족을 포함하여 기껏 서너 사람 정도 있을까말까 할 정도가 아닐까?

내가 만일 20세부터 다시 인생을 시작한다면 될 수 있는 대로 많은 사람으로부터 사랑받도록 노력하는 데 시간을 쏟을 것이다. 지금까지 살아온 40년 이상의 경험을 살려서 말이다.

예전처럼 아무 노력도 않고 내게만 관심을 가져주기를 바라거나 여성의 마음을 붙잡는 데만 골몰하여, 다른 사람의 마음을 헤아리지 못하는 따위의 실수는 하지 않겠다. 만일 내가 누군가를 잘못 평가하고 있으면(이런 일은 능력 있는 사람에게 곧잘 있는 일이다) 그 때문에 많은 사람들이 불평을 하고 있을 것이고, 어느 쪽을 향해야 할지 몰라 헤매게 된다.

그러니 많은 사람들로부터 사랑받도록 노력하거라. 그것이 삶의 가장 큰 방패다. 남성이든 여성이든 인간은 누구나 인덕에 약한 법이다. 인덕을 방패로 삼고 있는 사람은 성공 가능성도 높고, 그 정도도 크다. 여성도 인덕이 있는 남성에게 호의를 가진다.

인덕을 얻는 것은 생각보다 간단하다. 우아한 몸가짐, 진지한 눈빛, 작은 배려, 상대가 기뻐하는 말하기, 좋은 분위기 조성하기, 복장에 신경 쓰기 등 아주 사소한 것들이 모여 덕이 만들어지는 것이다.

내가 지금까지 만난 사람 중에는 외모가 몹시 아름다운데도 불구하고 전혀 끌리지 않았던 여성과 사려분별이 분명한데도 절대 좋아지지 않는 사람들이 있었다. 왜 그랬을까? 너는 답을 알고 있을 것이다. 그렇다. 그 사람들은 자기의 외모와 능력에 자신이 있었기 때문에 사람의 마음을 붙잡는 데 노력을 게을리했던 것이다. 그 사람들은 인생에서 정말 중요한 걸 놓치고 있었다.

　나는 평범한 얼굴을 한 여성과 사랑에 빠진 일이 있다. 그 여성은 얼굴은 특별히 내세울 것이 없었지만 기품이 넘치고 상대를 기쁘게 하는 화술, 마음을 붙잡는 기술을 알고 있었다. 나는 나의 전 생애를 통틀어 그녀와 교제했을 때만큼 사랑에 열중했던 적이 없었다.

제8장

"

지혜로운 삶을 위한 준비

{ 학문만이 공부가 아니다. }

사람들에게 있어 발전이란 식물의 새싹처럼

시간이 지나면서 점점 잎과 줄기를 펼쳐나가는 것이다.

이는 최초에는 육감이었던 것이 의견이 되었다가

지식으로 발전하는 것이다.

R.W. 에머슨(1803~1882. 미국의 시인이자 수필가)

01
매력을 만드는 사소한 것들

너라는 사람의 작은 건조물도 이젠 골조가 거의 완성 단계에 이르렀다. 남은 일은 아름답고 완벽하게 마무리하는 것이다. 그것은 너의 임무이며 또한 나의 관심사이다. 너는 언제 어디서고 우아함과 교양을 잃지 말아라. 그것들은 골조가 부실하면 값싼 장식에 지나지 않지만 골조가 튼튼하면 건조물을 돋보이게 하는 것과 같다. 아무리 단단한 골조라도 장식이 시원찮으면 싸구려 같아보인다.

너는 토스카나식 건축 양식을 알고 있을 것이다. 모든 건축 양식 중 가장 튼튼한 양식 말이다. 그러나 이는 가장 촌스럽고 멋이 없는 양식이기도 하다.

토스카나식 건축은 튼튼하다는 점에서는 대건조물의 기초나 토대에는 안성맞춤이다. 그러나 만일 건물 전체를 토스카나 식으로 꾸민다면 어떻게 될까. 아무도 그 건물을 쳐다보려 하지 않을 것이고, 그 앞에서 발을 멈추는 사람도, 그 안으로 들어가 보고 싶어하는 사람도 없을 것이다. 정면이 밋밋하고 촌스러우니 그 누구도 접근을 꺼릴 것이다. 사람들이 일부러 건물 안에까지 들어가서 마무리나 장식을 살펴볼 필요를 느끼지 못하는 것도 무리가 아니다.

그러나 토스카나식 토대 위에 도리아식, 이오니아식, 코린트식의 기둥이 늘어서 있어 아름다움을 발산하면 어떨까? 건축에는 전혀 흥미가 없는 사람도 무의식중에 마음을 빼앗길 것이고, 그 곁을 그냥 지나치던 사람도 발걸음을 멈출 것이다. 그리고 홀린 듯 안으로 들어갈 것이다.

■ **자신을 보다 매력적인 존재로 보이도록 노력하라**

여기 한 사람이 있다. 지식이나 교양은 보통이지만 인상이 좋고 말하는 솜씨도 호감이 간다. 말하는 것, 행동거지 모두가 품위가 있고 정

중하고 붙임성이 있고… 말하자면 자기 자신을 돋보이게 하는 재주가 뛰어난 사람이다.

여기에 또 한 사람이 있다. 그는 폭넓은 지식에다 날카로운 판단력을 가진 사람이다. 그러나 앞의 사람과 달리 자신을 돋보이게 하는 재능은 없다.

그렇다면 어느 쪽이 세상의 풍파를 더 잘 헤치고 나갈 수 있을까. 그렇다. 분명 전자이다. 장식품을 많이 달고 있는 사람이 전혀 장식이 없는 사람을 농락할 것이다.

그다지 현명하다고 할 수 없는 사람들(전 인류의 약 4분의 3은 그렇지 않을까)의 마음을 매료시키는 것은 언제나 겉모습이다. 인격자네 지식인이네 하지만 실상 많은 사람의 마음을 흔들어놓는 것은 예의 범절이나 바른 몸가짐, 기분 좋은 응대가 전부이다. 그 이상의 것, 인간의 내면 세계 따위에 눈을 돌리는 사람은 그다지 많지 않다. 문제는 지적이고 현명한 사람도 마찬가지라는 데 있다. 현명한 사람 역시 눈에 거슬리는 것, 귀에 거슬리는 것, 마음을 움직이지 않는 것에는 전혀 반응하지 않는다.

■ 언제나 품위를 잃지 말아라

사람을 매료시키려면 오감에 호소해야 한다. 눈과 귀를 즐겁게 해준
다음 이성을 단단히 사로잡고 마음을 빼앗는 것이다.

그렇게 하려면 철두철미하게 품위를 유지해야 한다. 똑같은 일이라
도 품위가 있느냐 없느냐에 따라 받아들이는 것이 하늘과 땅 차이다.

너도 한번 생각해봐라. 대답하는 것이 침착하지 못하고 옷차림도 너
절하고, 말도 더듬거리거나 모기만한 소리로 윙윙거리듯 말하고, 민첩
하지 못하고 꾸물대거나, 주의가 산만한 사람을…. 그런 사람을 만난
다면 어떤 인상을 받겠느냐. 그 사람에 대해서 아는 것이 아무것도 없
지만 (실은 굉장히 훌륭한 인격의 소유자일지라도) 전혀 호감을 갖지
못할 것이다. 나쁜 첫인상 때문에 그 사람의 내면까지 들여다볼 마음
이 싹 가실 것이다.

그러나 그와는 반대로 말과 행동거지 모두에 신경을 쓰고 있어 품위
를 느낄 수 있는 상대를 만났다면 어떨까? 내면 세계 따위는 관심도 없
이 그 사람을 만난 순간 마음을 빼앗겨버릴 것이다.

무엇이, 어찌하여 그토록 사람의 마음을 끄는지 설명하기는 어렵다.
그렇지만 나는 이렇게 단언한다. 상대를 매료시키는 그 사람의 사소한
것들(예를 들어 예의 바름, 산뜻한 옷차림 상냥한 말씨, 남을 배려하는

마음 같은 것 등)이 모여 그다지도 찬연한 빛을 뿜어내는 것이라고 말이다. 마치 모자이크처럼, 하나의 조각은 특별한 아름다움이 없지만 조각들이 모여 아름다운 그림을 나타내듯이 말이다.

산뜻한 옷차림, 부드러운 동작, 절도 있는 태도, 듣기 좋은 목소리, 구김살 없는 표정, 상대방에게 적절하게 맞장구를 치면서도 분명한 자기 의견… 이런 것들 하나하나가 모여 사람의 마음을 붙잡고 놓지 않는 것이다. 이 글을 읽고 너도 고개를 끄덕이고 있지?

02
훌륭한 사람의 장점을
네 것으로 만들어라

사람의 마음을 매료시키는 말솜씨는
연습만으로 가능할까?

훌륭한 인격자들과 빈번한 교류를 하고 있고, 자기에게 그럴 의지가
있다면 가능하다. 훌륭한 사람들의 행동을 눈여겨보았다가 그대로 해
보아라.

우선 첫눈에 왠지 모르게 호감이 가거나 좋은 사람이라고 생각되는
사람이 있다면, 자신을 끌어당기는 말과 행동을 잘 관찰하여 무엇이
그렇게 좋은 인상을 주고 있는가를 생각하기 바란다.

대부분의 사람들은 갖가지 장점이 녹아 있는 경우가 많지만, 그 하

나하나를 살펴보면 다음과 같은 점을 발견할 수 있을 것이다. 겸손하지만 당당한 태도, 비굴하지 않게 경의를 표시하는 태도, 우아하지만 뽐내지 않는 태도, 때와 장소에 어울리는 옷차림 말이다.

여하튼 그것을 발견했다면 흉내를 내라. 그러나 자신만의 고유한 개성을 무시한 채 무조건 흉내를 내서는 안 된다. 위대한 화가가 처음에 다른 화가의 작품을 모방하여 실력을 기르지만 나중에는 자신의 작품을 그리듯이 모방하되 아름다움이라고 하는 관점에서나 자유라고 하는 관점에서나 결코 원작보다 뒤떨어지지 않도록 공들여서 해야 한다.

■ 호감이 가는 인물을 잘 관찰하여 흉내내라

많은 사람들로부터 예의 바르고, 호감을 주는 인물이라고 인정받는 사람을 만나면 그 사람의 일거수일투족을 잘 살펴보아라.

웃어른을 대할 때와 동료를 대할 때는 어떤 태도를 취하는지, 주위의 어려운 이웃에게는 어떻게 행동하는지 주의 깊게 관찰해라. 또 오전 중에 사람을 방문했을 때는 어떤 내용의 이야기를 하고 있는지, 저녁 모임의 식탁에서는 어떤 태도를 취하는지 등등 그 사람의 행동을 잘 살펴보고 그대로 해보아라.

그러나 덮어놓고 흉내를 내지 말고 철저히 그 사람의 복제물이 되는 것이다.

네가 그렇게 살펴보는 동안, 그 사람이 남을 무시하거나 가볍게 취급하는 일, 상대의 허영심에 상처를 입히는 일 같은 것은 절대 하지 않는다는 걸 알 수 있을 것이다. 그와 동시에 상대방에 따라 적절한 경의를 표하거나 배려하는 행동, 상대방의 마음을 즐겁게 하여 어떻게 움직이는지 알 수 있을 것이다. 결국 뿌리지 않은 씨는 싹이 나오지 않는 법이다. 호감이 가는 인물은 씨 뿌리기에서부터 풍성한 수확을 거두기까지의 일련의 과정을 묵묵히 해내고 있다.

사람들에게 좋은 인상을 주려면 훌륭한 사람의 행동을 흉내내는 동안 저도 모르게 몸에 익힐 수 있다. 이는 현재의 자신을 되돌아보면 쉽게 알 수 있다. 현재의 자신의 절반은 수많은 주변 모델의 흉내로 이루어진 것이기 때문이다. 중요한 것은 좋은 예를 판별하고 선택하는 일이다.

대부분의 사람들은 평상시 자주 이야기를 나누고 있는 상대의 분위기, 태도, 장단점뿐 아니라 사고방식까지도 무의식중에 받아들이게 된다. 내가 알고 있는 사람 중에는 그 사람 자체는 그다지 대단한 머리를 가지고 있는 사람이 아닌데, 평소 똑똑하고 훌륭한 인격을 가진 사람

들과 자주 어울리면서 놀라운 변화가 이루어졌다.

내가 누누이 강조하지만 너도 훌륭한 사람과 교제를 하게 되면 자신도 모르는 사이에 그들과 비슷한 사람이 될 것이다. 거기에 집중력과 창의력이 보태지면 금상첨화다. 머지않아 그들보다 뛰어난 인간이 될 수 있다.

■ 어떤 사람이라도 스승이 될 만한 장점이 있다

주위에 호감이 가는 인물이 없다면 어떻게 해야 할까. 그럴 때는 누구든지 좋으니 자신의 주변인을 차분히 관찰해보아라. 아무리 훌륭한 사람도 완벽할 수는 없다. 반대로 아무리 보잘것없는 인물이라도 반드시 한 가지 좋은 점은 있게 마련이다. 그 장점을 흉내내면 된다. 그리고 좋지 않은 점은 타산지석으로 삼아라.

호감을 얻는 사람과 그렇지 못한 사람의 차이는 무엇일까? 그것은 언행은 같으나 태도가 전혀 다른 것이며, 그것이 바로 호감으로 이어지는 것이다. 세상에는 인기가 있는 인물도, 전혀 품위가 없는 인물도, 세 끼 밥을 먹고 사는 것은 마찬가지다. 다만 다른 것은 그 방법과 태도이다.

그러므로 사람들의 화술, 걸음걸이, 식탁 매너 등을 잘 살펴보고 어떤 부분이 좋은 인상을 주는지 잘 관찰하면 그 해답을 알 수 있을 것이다.

03
사람의 마음을 사로잡는 방법

사람의 마음에 진정으로 호소하려면

어떻게 해야 할까?

중요하다고 생각되는 것을 적을 테니 참고해라.

■ 멋진 태도를 몸에 익혀라

얼마 전, 언제나 너를 애정에 찬 눈으로 바라보고 있던 하비 부인의

편지를 받았다. 편지에서 네가 한 모임에서 춤을 추고 있는 것을 보았

는데 아주 우아하고 아름다운 몸놀림이었다고 썼더라. 나는 몹시 기분이 좋았다. 춤을 우아하게 춘다는 것은 서 있는 것, 걷는 것, 앉아 있는 것 모두가 틀림없이 우아할 것이라고 생각했기 때문이다.

우아한 태도를 몸에 배게 하는 것은 단순한 것 같지만 춤을 잘 추는 것보다 훨씬 어렵다. 내가 아는 사람 중에 춤은 서투르지만 몸동작이 매우 아름다운 사람이 있는가 하면 춤은 잘 추지만 몸동작이 부자연스러운 사람이 있다.

걸음걸이, 앉아 있는 모습 등이 반듯하고 우아한 사람은 그다지 많지 않다. 사람 앞에 나서는 순간 위축되어 버리는 사람이 있는가 하면, 경직된 자세로 등을 꼿꼿이 세우고 앉아 있는 사람도 있다. 또한 예의범절에 무신경한 사람은 의자에 온 체중을 맡기듯 기대어 앉는다. 이런 자세는 상당히 친밀한 사이가 아니면 좋은 인상을 주지 못한다.

가장 보기 좋은 자세는 우선 마음을 편하게 가지고, 허리를 세워서 앉는 것이다. 그렇다고 부동의 자세를 취하라는 말이 아니라 힘을 빼고 자연스럽게 앉으라는 말이다. 너는 틀림없이 잘 할 수 있겠지만, 만약 그게 쉽지 않다면 되도록 이와 가깝게 해보도록 연습해라.

극히 사소한 동작 하나가 이성의 마음을 사로잡을 수 있다. 그것은 직장에서도 마찬가지다. 우아한 행동이 얼마나 매혹적으로 보이는지 명심하여라.

이건 하나의 예다. 어떤 여성이 부채를 떨어뜨렸다고 하자, 유럽에서 가장 우아한 사나이나 그렇지 않은 사나이나 그것을 주워 건네준다는 사실은 마찬가지다. 그러나 결과는 큰 차이가 있다. 우아한 사나이는 자신이 친절을 베푼 후 감사의 답례를 받을 수 있지만, 우아하지 못한 사나이는 그 동작의 어색함으로 말미암아 웃음거리가 된다.

그리고 우아한 태도는 공공장소에만 국한된 것이 아니다. 일상에서도 마찬가지다. 작은 일을 우습게 여기면 막상 그걸 실천하려고 할 때는 어렵게 된다. 커피 한 잔을 드는 데도 자세가 불안정하여 찻잔 속의 커피가 출렁출렁 춤을 추는 일이 없도록 해라.

■ 개성이 어설프게 나타나지 않는 옷차림이 최고의 의상

아들아, 이제는 복장에도 슬슬 신경을 써야 할 때다. 많은 사람이 복장으로 그 사람의 인품을 평가한다. 왜냐하면 첫눈에 보이는 게 바로 옷차림 아니냐.

나는 상대방의 옷차림에서 조금이라도 으스대는 느낌을 받으면 그 사람의 사고방식도 비뚤어져 있는 것이 아닌가 의심한단다. 이제 영국의 젊은이들이 어느 정도는 복장으로 자기 개성을 드러내고 있는 것 같다.

상대가 거창하게 차려입는 것을 좋아하여 지나치게 화려한 복장을 하고 있으면 마음이 공허한 것을 일부러 감추려고 하는 것 같아 기분이 나빠진다. 한편 옷차림에 전혀 신경을 쓰지 않아 마부인지 궁정 사람인지 구별할 수 없는 사람도 또한 그 사람의 내면을 의심하지 않을 수 없다.

분별력이 있는 사람은 복장에 싸구려 개성이 나타나지 않도록 신경을 쓰는 법이다. 그들은 특별히 눈에 띄는 옷차림을 하지 않는다. 그 고장의 지식인이나 그 사회의 지도자층에 있는 사람들과 비슷한 옷차림을 하고 있다. 옷차림이 지나치게 화려하면 들떠 보이고, 초라하면 주위 사람에게 신경을 쓰지 않는 것으로 간주되어 실례가 된다.

젊은이는 초라한 것보다는 조금은 화려한 것이 좋다. 화려한 것은 나이가 들면 조금씩 수수해지지만, 지나친 무관심은 비참한 모습으로 전락하고 만다. 40대에는 사회에서 밀려나는 자가 되고, 50대에는 남이 싫어하는 사람이 된다.

그러므로 그때그때 때와 장소에 따라 때로는 화려하게, 때로는 수수한 의상을 입어라. 다만 어떤 옷을 구입할 때도 바느질이 꼼꼼하게 되었는지 몸에 맞는지 살펴보고 사도록 해라. 그렇지 않으면 부자연스럽고 어색한 느낌이 들어 몇 번 입지 않고 처박아두게 된다.

또 일단 그 날의 의상을 결정하고 입었으면 두 번 다시 옷에 대해서 신경 쓰지 말아라. 콤비네이션이 어색하다든가, 색상이 잘 맞지 않는다고 생각하면 동작이 딱딱해진다. 따라서 결정된 옷차림에 대해서는 꺼림칙한 기분을 싹 날려버리고 아무것도 몸에 걸치고 있지 않은 것처럼 자연스럽고 기분 좋게 행동해라.

그리고 머리 모양에도 신경을 써라. 머리 모양은 복장보다 더 중요하다. 또 양말을 흘러내리게 신고 있거나 구두끈을 끌러놓고 다니지 마라. 칠칠치 못한 발만큼 얼뜨기 인상을 주는 것은 없다.

멋진 의상, 멋진 머리 모양도 중요하지만 그것 못지않게 중요한 것은 청결이다. 너는 손이나 손톱을 항상 깨끗하게 손질하고 있느냐? 또 이는 매일 식후마다 닦고 있느냐? 이의 청결은 특히 중요하다. 평생 자신의 이로 음식을 씹으려면, 또 치통으로 고통을 당하지 않으려면 미리 잘 관리해야 한다. 게다가 치아에 병이 생기면 지독한 냄새가 나기 때문에 주위 사람들에게 불쾌감을 주고 자신도 말할 수 없는 고통에 시달리게 된다. 치통처럼 큰 고통을 주는 질환도 드물다.

너는 나를 닮지 않아 이가 튼튼해서 다행이다. 나는 젊었을 때 치아 관리를 제대로 하지 않아 지금은 엉망이다. 식사를 끝낼 때마다 따뜻한 물로 입가심을 하고, 매일 5~6회 양치질을 하도록 습관을 들여라. 또 그곳에 유명한 치열 전문가가 있다고 들었다. 당장 찾아가서 치열 교정을 받도록 해라.

■ 표정을 연마하면 마음까지 연마된다

사람을 매료시키는 방법은 대단히 많다. 그 중에서도 효과가 아주 크고, 강하게 사람의 마음을 붙잡고 놓지 않는 것이 표정이다. 분명히 너는 아직 그 사실을 모를 것이다.

사람들은 대부분 자신의 용모 중 마음에 들지 않는 부분이 있으면 그것을 숨기거나 보완하려고 필사적인 노력을 기울인다. 외모가 조금 처지는 경우는 특히 그렇다. 그들은 조금이라도 멋지고 고상하게 보이려고 상냥하게 미소를 지어보기도(그러나 대개는 밀턴의 《실락원》에 등장하는 악마처럼 더욱 무서운 형상이 되지만) 하는 등 눈물 겨울 정도의 노력을 한다.

하느님께서 주신 특별한 선물이라고 할 만한 용모를 전혀 감사하게 생각하지 않는 것은 물론 그것을 모독하고 있는 사람이 있다. 누구냐고? 바로 너다, 이 녀석아! 네가 하고 다니는 얼굴은 도대체 어떻게 된

것이냐. 네딴에는 사려 깊고, 사나이답고,

결단력이 있는 표정을 하고 있다고 생각

하는지 모르지만 당치도 않은 착각이다.

제아무리 잘 보아주려고 해도, 너는 매일 구령

만 붙이며 위엄 있게 보이려고 애쓰고 있는 하사 같은 얼굴이다.

내가 알고 있는 한 젊은이는 국회의원으로 처음 선출되었을 때, 자신의 방 거울 앞에서 표정 연습이며 동작 연습을 하다가 들켜 웃음거리가 된 일이 있다. 그러나 나는 그 이야기를 듣고 전혀 웃지 않았다. 반대로 그 사나이가 분별력이 뛰어난 사람으로 보였다. 공공 장소에서 표정과 동작이 얼마나 중요한지 그는 이미 알고 있었던 것이다.

내가 이런 말을 하면 틀림없이 이렇게 질문할 것이다.

"그렇다면 온순한 얼굴 표정이 되도록 종일 신경을 쓰고 있으란 말입니까?"

아들아, 내가 방법을 가르쳐주겠다. 하루 온종일 신경 쓰라는 것은 아니다. 2주 정도면 족하다. 2주 동안이라도 좋으니 신경을 써서 좋은 표정이 되도록 연습하기 바란다. 2주 동안 단련이 되면 그 후에는 얼굴에 대해 전혀 신경 쓰지 않아도 된다. 하느님이 모처럼 신경을 써서 만드신 얼굴이다. 지금까지 방치해둔 걸 조금이라도 만회할 생각이라면 좀더 노력해라.

자, 이제부터 세부적인 교육이다. 눈언저리에는 항상 따뜻하고 행복한 표정이 떠오르도록 해라. 그리고 전체적으로 미소를 짓는 듯한 표정이 좋다. 그러려면 수도사의 표정을 염두에 두어 보아라. 선의가 넘치면서 자애에 가득 차 있고, 엄숙하면서도 열의가 담긴 표정 말이다. 그런 표정은 몹시 사람의 마음을 끈다고 생각하는데, 네 생각은 어떠냐? 그런데 재미있는 사실은 좋은 표정을 짓고 있으면 마음이 그에 뒤따른다는 사실이다. 대부분의 사람들은 그 사람의 표정을 보고 인간성을 짐작하기 때문에 호감을 느끼고 마음으로 받아들이는 것이다.

이렇게 말을 했는데도 표정 교정을 게을리 할 참이냐? 2주 동안 하루에 단 30분만 노력하면 된다. 한 가지 네게 묻고 싶은 것이 있다. 너는 무엇 때문에 그토록 열심히 춤을 배워 능숙한 춤꾼이 되었느냐. 그것도 배우는 과정에는 귀찮았을 것이다. 적어도 의무는 아니니까 말이다. 뻔하다. 너의 대답이.

"그것은 사람들의 마음을 붙잡기 위해서입니다."

정답!

그러면 너는 왜 고급옷을 입고 머리에 파마를 했느냐? 그것 역시 귀찮지 않았느냐? 파마를 하는 것은 대단히 번거롭고, 고급옷을 입으면 성가실 텐데 말이다. 그런데 너는 왜 그런 것에 신경을 쓰느냐?

너의 대답.

"그것은 남에게 좋은 인상을 심어주기 위해서입니다."

그것도 정답.

자, 그것까지 알고 있다면 때와 장소에 맞는 행동을 하면 된다. 춤이나 복장이나 머리 모양보다 가장 근본적인 것은 표정을 관리하는 것이다.

표정이 좋지 않으면 춤도 옷도 머리 모양도 아무 의미가 없다. 게다가 네가 춤을 추는 것은 기껏해야 1년에 6~7회 정도지만 너의 표정은 365일 하루도 안 빠지고 사람들에게 노출되어 있다.

04
호감을 사려면 노력하라

앞으로 내가 하는 말을 몸에 익히지 않는다면, 아무리 풍부한 지식을 가지고 있어도, 아무리 약삭빠르게 굴어도, 마음 먹은 대로 인생이 풀리지 않을 것이다.

지금이야말로 그 장식을 몸에 익힐 때다. 지금 그걸 실천하지 못하면 평생 후회하게 된다. 그러므로 다른 일은 모두 젖혀두고 내가 하는 말에 귀를 기울여야 한다. 튼튼한 구조물과 매력적인 장식이 합쳐진다면 그보다 더 근사한 건축물은 없다.

내가 편지로 너에게 외면을 장식하라고 한 말에 대해 융통성 없는 답답한 인간이나 세상을 등진 현학자들은 도대체 어떤 생각을 할까?

틀림없이 몹시 경멸하는 얼굴로 "아버지가 자식에게 주는 교훈이라면 그보다 더 좋은 것이 얼마든지 있을 텐데…."라고 말할 것이다.

그들의 사전에는 '호감을 갖는다'라든가 '남에게 호감을 주는' 따위의 말은 없을 것이다. 그러나 현실적으로 이 말이 존재한다는 것은 그만큼 사람들 사이에 중요하게 인식되고 있기 때문이다. 많은 사람들이 남으로부터 '호감을 사고' 싶어한다. 그러므로 결코 무시하고 넘길 일이 아니다.

■ 예의 범절에 대해

언제나 생각하고 있는 것이지만, 세상에 이토록 예의가 없고 막돼먹은 젊은이가 많은 것은, 그들의 부모가 예의를 너무 가볍게 보고 있거나, 그런 일에 전혀 관심이 없거나 둘 중 하나이기 때문이다.

많은 부모들이 자식들을 의무교육을 거쳐 대학교육을 마치게 하고 유학 등을 보낸다. 그런데 가장 중요한 가정 교육에는 소홀하다. 그들은 각 교육 과정을 거치는 동안 자기 자식이 어떻게 성장하고 있는지 제대로 살펴보지 않는다. 혹 눈여겨본다고 하더라도 무엇이 잘못되었는지 판단을 못하고 세월만 보내고 있다. 그리고 스스로를 안심시키기 위해 혼잣말을 할 것이다.

'뭐, 이 정도면 됐어. 다른 아이들도 다 그럴 테지.'

그러나 그들의 자녀들은 학교에는 잘 다니고 있을 테지만, 정말 배우고 익혀야 할 것들을 놓치고 있다. 그들은 시간이 흘러도 학교에서 몸에 익힌 천박한 장난을 계속할 것이다. 또 대학에서 몸에 밴 편협한 태도를 버릴 생각을 않을 것이다. 더 나아가 유학 중에 몸에 익힌 거만한 태도를 당연한 듯이 지니고 있을 것이다.

그런 젊은이들은 부모들이 지적해주지 않으면 그 누구도 애정을 가지고 주의를 주려 하지 않는다. 그러므로 많은 젊은이들이 자기가 얼마나 잘못된 행동을 하는지 알지도 못한 채 눈꼴사납고 무례한 행동을 계속해 나가는 것이다.

앞에서도 말했듯이 자녀의 예의 범절에 대해 이러쿵저러쿵 말을 할수 있는 사람은 부모뿐이다. 그것은 자식이 어른이 되어도 마찬가지다. 제아무리 친한 친구라도 잘못을 지적해주는 것은 쉽지 않다.

너는 다행으로 생각해라. 충실하고 우호적이며 눈이 밝은 감시자를 둔 것을. 네가 나의 눈을 피할 수 있는 곳은 그 어디에도 없다. 나에게는 너의 모든 것이 한눈에 보인다. 따라서 내가 지적하는 것은 잠시도 지체하지 말고 고쳐라. 너에게 장점이 있으면 나는 누구보다 빨리 발견하여 박수를 보낼 것이다. 그것이 어버이로서의 나의 임무라고 생각한다.

05
예절은 때와 장소를 가리지 않고 통용되는 불문율

세상에 완벽한 인간은 없다. 하지만 나는 너를 완벽에 가까운 인간에 접근시키려고 부단히 노력해왔다. 그 래서 너를 위한 수고도, 비용도 전혀 아낄 마음이 없다. 인간은 교육을 통해 얼마든지 개조시킬 수 있다는 것을 알기 때문이다. 이는 너도 이미 알고 있을 것이다.

내가 어린 너에게 가장 먼저 한 일은 아직 판단력이 성립되기 전에 선(善)을 사랑하는 마음과 사람을 존경하는 마음을 심어주는 것이었다. 너는 이를 마치 문법을 외듯이 기계적으로 익혀나갔다. 그리고 지금은 스스로의 판단으로 해나가고 있다. 하긴 좋은 일을 하는 사람을

존경하는 것은 지극히 당연한 일로, 특별한 가르침을 받지 않은 보통 사람들도 실행하고 있는 일이다.

이에 대해 섀프츠베리 경은 아주 명쾌한 말을 하였다.

"나는 남에게 좋게 보이기 위해 그 일을 하는 것이 아니라 나 자신을 위해서 그같은 일을 한다. 이는 남에게 보이기 위해 몸을 청결하게 하는 것이 아니라 나 자신을 위해서 몸을 깨끗이 씻는 것과 같다."

따라서 나는 네가 판단력이 생긴 이후로 단 한번도 착한 일을 하라는 말을 하지 않았다. 이는 너무나 당연한 일이기 때문이다.

그 다음에 내가 너를 위해 실행한 것은, 실질적이며 한쪽으로 치우침이 없는 교육을 시키는 것이었다. 이는 처음에는 나, 그 다음에는 하트 씨, 그리고 최근에는 네 자신의 힘으로 예상 밖의 성과를 거두었다. 나의 기대에 충분히 부응해주었다고 할 수 있다.

그리고 지금 마지막으로 하는 것이 사람과 접촉하는 방법, 즉 교양을 익히는 것이다. 이것을 알지 못하면 모처럼 몸에 익힌 갖가지 것들이 허사가 되어 빛을 잃고 만다. 그런데 유감스럽게도 너에게는 반듯한 예절이 조금 부족한 것 같아 그 점에 중점을 두고 쓰기로 하겠다.

■ 먼저 자기를 억제하고 상대에게 맞춰주는 것은 기본이다

나와 친밀한 유대관계를 맺고 있는 사람이 예의란, "서로 자신을 조금 억제하고 상대편에 맞추려고 하는, 분별력을 가진 양식 있는 행위"라고 아주 명쾌한 말을 했다. 이 말에 대해 반박을 하는 사람은 없을 것이다. 다만 분별력을 가진 양식 있는 행위를 한다고 누구나 다 예의바른 인간이 될 수 있는 것은 아니라는 점은 매우 놀라운 일이다.

예의를 나타내는 방법은 지역과 환경에 따라 큰 차이가 있다. 그것은 실제로 자신의 눈으로 보고 귀로 듣지 않으면 모르는 일이기는 하다. 그렇지만 예의를 존중하는 마음 그 자체는 시대와 장소를 불문하고 변함이 없다. 그러므로 뜻이 있느냐 없느냐가 예의바른 인간이 되느냐 못 되느냐의 열쇠이다.

예의가 특정 사회에 미치는 영향은 도덕이 사회 전반에 미치는 영향력과 비슷하다. 이는 사회를 하나로 묶고, 안정감을 높인다는 것과 일맥상통한다. 비슷한 것은 또 있다. 일반 사회에는 도덕적 행위를 권장하기 위해서(또는 적어도 부도덕한 행위로부터 스스로를 지키기 위해서) 법률이 제정되어 있다. 이와 마찬가지로 특정한 사회에서는 예의바른 행위를 권장하고 무례를 금하기 위한 암묵적인 규율 같은 것이 있다.

그렇게 말하면 '법률과 암묵의 규율을 동일시하는 건…' 이라고 의문을 제기할 수도 있겠지만 나는 그것은 동일하다고 생각한다. 남의 영토에 침입한 사나이는 법에 의해 처벌을 받는다. 이와 같이 타인의 평화스러운 사생활에 갑자기 출현하여 무례를 범하였다면 사회 전체의 암묵적인 합의에 의해 추방을 당하는 것이 당연하다.

문명 사회에 사는 인간으로서 예의바르게 행동하고, 상대를 배려하고, 약간의 희생을 치른다는 것은 암묵적 협정 하에 맺어져 있는 규칙이다. 이것은 그 누구로부터도 강요받은 것이 아니라 자연적으로 몸에 배게 되는 것이다. 즉 왕과 신하가 충성과 복종이라는, 암묵적 협정에 의해 맺어져 있는 것과 조금도 다를 바가 없다. 어느 경우에도 그 협정을 어긴 자는, 그에 따른 불이익을 당하는 것은 당연한 결과이다.

나는 개인적으로 남에게 예의를 다하는 것은 선행 다음으로 사람을 매료시키는 대단한 기술이라고 생각한다. 네가 아테네의 장군 아리스테이데스(Aristeides : B.C. 520?~468?. 청렴으로 유명했던 정치가)와 같다는 찬사를 받으면 말할 수 없이 기쁘겠지만, 그것 못지않게 나에게 기쁨을 주는 것은 '예의바른 사람'이라는 찬사를 듣는 것이다.

06
상황에 맞는 예절

예의 전반에 대한 이야기는 충분히 했다. 이제는 상황에 맞는 예절에 관해 이야기를 해보자.

■ 윗사람을 대할 때는 최대한 예의를 갖춰라

명백한 윗사람이나, 공적인 지위가 높은 사람에게는 반듯한 예의를 갖춰라. 문제는 그것을 어떻게 나타내느냐이다. 약간의 분별력이 있고, 인생 경험이 있는 사람은 어깨에 힘을 빼고 자연스럽게 예의를 보여줄 수 있다.

그러나 사회적 저명인사를 접해보
지 못한 사람은 행동이 말할 수 없이
어색해서 옆에서 보고 있기가 애처
로울 정도다. 용기를 쥐어짜내고 있는 것이 그대로
보인다.

그렇다고 해서 저명인사가 있는 자리에서 꼴사납게 의자에 털썩 걸
터앉거나, 휘파람을 불거나, 머리를 벅벅 긁는 등 무례한 행위를 하라
는 것이 아니다. 윗사람 앞에서 주의해야 할 것은 오직 한 가지다. 너
무 겁먹지 말고, 어깨에 힘을 빼고 자연스럽게 존경의 마음을 보여주
는 것이다. 마음은 겉모습에 그대로 나타나므로 일부러 꾸민 것 같은
행동으로 대하는 것은 다르다. 그것이 어렵거든 적당히 모범적인 모델
을 정해두고 그 사람을 흉내냄으로써 몸에 익히는 수밖에 없다.

■ 편한 모임일수록 기본 선(線)은 지켜라

특별히 어려운 사람이 참석하지 않는, 마음 편한 사람들과의 모임에
서는 잠시 동안은 초대받은 사람 모두가 똑같은 입장이라고 생각해도

좋다. 이런 자리에는 경외의 마음이나 경의를 표해야 할 인물은 없으므로 행동이 자유롭게 되고 긴장도 풀어진다. 하지만 어떠한 교제에도 반드시 지켜야 할 선이 있게 마련이다. 이런 모임에서도 그 선을 지키는 것이 예의다.

그러나 잊어서는 안 되는 것은, 특히 주의를 기울여야 할 상대가 없는 대신에 모두가 약간의 예의나 배려를 기대하고 있다는 사실이다. 그러므로 산만하게 행동하거나 타인에 대한 지나친 무관심은 모두를 불편하게 한다.

이런 경우, 누군가가 다가와서 따분한 이야기를 했다고 해도 너는 우선은 정중하게 응대해 주지 않으면 안 된다. 상대의 이야기를 건성으로 듣거나 드러나게 무시하는 행동을 하면, 아무리 대등한 관계라 하더라도 그것은 벌써 '큰 실례'를 넘어서 '굉장한 무례'를 범하게 되는 것이다.

문제는 상대가 여성인 경우 더욱 난처한 상황이 벌어질 수 있다. 어떤 지위에 있는 여성에게라도 신사는 특별한 배려를 해주어야 한다. 주목하는 것만으로는 충분치 못하니 아부에 가까울 정도의 칭찬을 해주어라. 그녀들의 사소한 감정, 좋아하고 싫어하는 것, 취미, 변덕뿐 아니라 도도한 태도에까지 일일이 신경을 써주어야 한다. 가능하면 무엇을 바라고 있는가를 알아내어 먼저 이야기를 꺼내지 않으면 신사로서 예의가 아니다. 수많은 예의바른 신사들이 이를 실천하고 있다.

편한 사람과의 모임에서 예의를 다하기 위해서는 어떻게 해야 하는 가를 일일이 다 열거하기는 힘들다. 그렇게 하는 것은 너에게도 실례라는 생각이 되므로 그만해두자. 내가 말하지 않는 부분은 너의 상식에 맡기마. 언제나 어떻게 행동하는 것이 이로운가를 생각하고 행동하여라.

■ 신분이나 지위가 낮은 사람을 적으로 만들지 마라

혹시 네 방을 청소해주는 청소부나 구두닦이에 비해 너는 태어나면서부터 우수한 인간이었다는 생각을 하진 않겠지?

그런 의미에서 너는 하늘이 준 행운을 감사해야 한다. 그렇다고 불운하게 태어난 사람들을 멸시하거나 불필요한 위로로 그들의 불운을 상기시키는 것은 삼가는 것이 좋다.

나는 나와 대등한 사람을 대할 때 이상으로 가난하고 배우지 못한 사람에게 신경을 쓰고 있다. 그런 상황에 처한 사람들은 노력이나 실력 때문이 아니라 단순히 운명에 의해 그렇게 된 것이다. 한데 그들의 처지를 새삼스럽게 의식케 함으로써 내가 시시한 자만심을 만족시키고 있는 것처럼 오해받고 싶지 않다.

한데 대부분의 젊은이들은 거기까지 생각이 미치지 않는 모양이다. 그들은 자신들이 뭔가 오해를 하고 있다는 사실을 모른다. 명령을 하는 듯한 태도나 권위를 등에 업은 단정적인 말투 등을 용기와 기개가 있는 증거라고 오해를 한다.

생각이 미치지 않는 것은 주의가 부족한 탓도 있지만, 일반적으로 신경을 쓰려고 하지 않는 데서 비롯된다. 그리하여 오만하다, 업신여긴다고 오해를 받는 것이다. 그렇게 되면 상대방은 언제까지나 적의를 품을 수 있다. 물론 이런 경우 잘못을 저지른 쪽은 젊은이이다. 상대가 화를 내는 것은 당연하다.

가난하고 힘들게 사는 사람들을 무시하고, 신경을 쓰는 부류는 유명한 정재계의 인사들이나 특별한 미인, 또는 엘리트 지식인들이다. 그들은 이들 뛰어난 사람 외에는 주목할 가치가 없다고 생각한다. 따라서 자기보다 못한 사람에 대해서는 기본 예의조차 지키려 들지 않는다.

진실을 고백하자면 나도 네 나이 때는 그랬다. 매력적인 몇몇 사람의 마음을 사로잡는 데만 혈안이 되어 나머지 사람들은 잡동사니 정도로만 생각해 꼭 지켜야 할 예의조차 무시했다. 나는 각료나 지식인, 뛰어난 미인 등 화려하고 눈에 띄는 인물에게만 예의를 지키고 다른 사람은 소 닭 보듯 하는 바람에 그들을 화나게 만들었다.

이런 어리석은 행동을 한 결과 나는 남녀 모두에게서 많은 적을 만들었다. 잡동사니라 생각했던 그들이, 내가 가장 좋은 평판을 얻어야 할 장소에서 나를 무지막지하게 깎아내리는 것이었다. 나의 행동이 그들의 눈에 오만하게 비췄던 것이다. 확실히 나는 분별력 없는 행동을 한 과오를 범했다.

옛 격언에 '인심을 얻은 왕이야말로 가장 태평하고 오랜 권력을 유지할 수 있다'란 말이 있다. 신하의 마음을 얻는 것은 어떤 무기보다 든든한 것이다. 신하의 충성을 원하거든 신하의 공포심을 자극하는 것보다는 인정을 베풀라는 뜻이다. 지위가 낮은 우리들도 마찬가지다. 사람의 마음을 붙잡는 기술을 알고 있다는 것은 어떤 강한 힘보다 큰 무기를 가지고 있는 것과 같다.

■ 원석(原石)인 채로 삶을 마감하지 마라

다음에 얘기하고 싶은 것은, 절대로 실수할 리 없다는 잘못된 생각에서 어처구니없는 실수를 하는 경우이다. 다시 말해 친한 친구나 지인에 관한 행동에 대해서이다. 친한 사이에서는 편안한 기분이 되어도 좋다. 또 그렇게 행동하는 것이 당연하다. 친한 친구와 만나서 긴장감을 느끼는 게 오히려 잘못된 것이다.

그렇다고 해서 일반적으로 절대 용납할 수 없는 영역에까지 발을 들여놓아서 서로가 곤란해지면 안 된다. 입에서 나오는 대로 마음껏 지껄여대면 친한 친구와 즐거워야 할 대화가 고통을 주게 된다. 자유가 지나치면 뜻하지 않게 몸을 망쳐버리는 경우와 비슷하다.

내 글이 막연하게 생각될까봐 한 가지 확실한 예를 들어보겠다.

예를 들어 너와 내가 한 방에 있다고 하자. 나는 너와 함께 있으므로 무얼 해도 상관없다고 생각하고, 너 역시 나와 함께 있으므로 무얼 해도 상관없다고 생각한다. 그러나 막상 그런 상황에 맞닥뜨리면 네가 아무 예의를 지키지 않아도 좋다고 생각할까? 천만에다.

나는 아무리 상대가 너라도 기본 예의는 지켜주어야 한다고 생각할 것이다. 정도의 차이는 있겠지만 대부분의 사람들의 심리는 별반 다르지 않다. 네가 입을 크게 벌리고 하품을 하거나 마구 코를 골아대는 등 야만적인 행동을 한다면 내가 평소에 얼마나 야만스럽게 행동을 했으면 자식이 저럴까 하고 생각할 것이다. 그리고 너에 대한 애틋한 애정도 얼마간 식을 것이다.

그렇다. 아무리 친한 사이라도 두 사람의 우정을 파괴하지 않고 오래 지속시키고 싶으면 어느 정도 예의를 지켜야 한다. 부부 역시 기본 예의를 무시한다면 얼마 못 가 서로를 경시하게 될 것이다.

누구든 한두 가지 나쁜 버릇은 가지고 있다. 하지만 그것을 적나라하게 드러내는 것은 예의에 어긋나는 일이다. 게다가 무분별하게 보이기까지 하다.

예의를 강조한다고 해서 너를 상대로 거창한 예의범절을 지킬 생각은 없다. 실제로 그렇다면 얼마나 우스꽝스러우냐. 그러나 적절한 선에서 예의를 지킬 것이다. 서로가 언제까지나 사이 좋게 지낼 수 있는 상태를 유지하려면 그렇게 하는 것이 절대로 필요하다.

예의에 관해서는 이만 쓰겠다. 하지만 하루 중 절반은 예의를 몸에 익히는 노력을 게을리 하지 말아야 한다.

다이아몬드도 원석일 때는 아무 쓸모가 없다. 값어치야 있을지 모르지만 누구도 진정한 아름다움을 느낄 수 없다. 그것을 갈고 닦아야 비로소 몸에 지닐 수 있다. 물론 다이아몬드가 아름답고 값어치가 있는 것은 원석이 딱딱하고 밀도가 높기 때문이다. 그렇지만 갈고 닦지 않는 원석은 기껏해야 호기심 많은 수집가의 진열장에나 틀어박혀 있게 마련이다.

너도 알맹이는 밀도가 높고 견고하다. 나는 그 사실을 믿고 있다. 그러므로 내가 쓴 글들을 잘 읽고 갈고 닦도록 해라. 네가 그 가치를 잃지 않고 스스로 노력한다면 주위 사람들이 너를 멋지게 조각하여 진정한 빛이 나는 보석이 되도록 도와줄 것이다.

제9장

"

지혜로운 삶의 기술

"

{ 한 가지 일을 해도 야무지게 하라. }

자식을 키우는 사람이야말로

미래를 준비하는 사람이라는 것을 가슴 깊이 새겨라.

자식들이 성장함으로써 인류는

조금씩 진보하기 때문이다.

칸트(1724~1804, 독일의 철학자)

01
언행은 부드럽게, 의지는 굳게

언젠가 너에게 '항상 염두에 두고 행동해주기 바라는 것'이 있다고 편지에 쓴 적이 있는데 기억하고 있겠지? '언행은 부드럽게, 의지는 굳게'라는 것 말이다.

오늘은 이 말에 관해 나이가 지긋한 설교사라도 된 것처럼 말해보겠다. 먼저 이 말을 구성하는 두 가지 요소, 즉 '언행은 부드럽게 의지는 굳게'에 관해 설명하고, 다음에는 이 두 가지가 합해졌을 때 어떤 효과를 가져오는가에 대해, 그리고 마지막으로 이를 실천에 옮기려면 어떻게 해야 하는지 설명하겠다.

의지가 굳세지 못한 사람이 언행만 부드럽게 한다고 무슨 효과를 볼

수 있을까? 그런 사람은 다만 붙임성만 좋을 뿐 비굴하고 마음 약한 소극적인 인간으로 전락해버린다. 반대로 의지는 굳센데 언행이 부드럽지 못한 사람은 어떨까? 그런 사람은 용맹스럽고 사나우며 저돌적인 인간이 될 것이다.

가장 바람직한 것은 양쪽의 장점을 갖추는 것이지만 그런 사람은 참으로 드물다. 의지가 굳센 사람들은 혈기 왕성한 반면 부드러운 언행을 쓰는 사람을 '연약'해보여 무시당하기 쉽다. 이런 사람은 내성적이고 소심한 사람을 상대로 일을 할 때는 문제 없이 일이 진행되지만 그렇지 않는 경우는 상대편의 분노나 반감을 사서 목적을 달성할 수 없다.

한데 언행이 부드러운 사람 중에는 교활한 사람이 많다. 이들은 모든 것을 부드러운 대인 관계로 손에 넣으려고 한다. 속기 쉬운 인간형이다. 자기 자신의 의지 따위는 구석방에 처박아버리고 임기응변으로 상대편에 척척 맞추어 나간다. 이런 사람은 어리석은 사람은 속일 수 있어도, 조금만 분별력이 있는 사람을 만나면 금세 본색이 드러난다.

부드러운 언행과 굳센 의지를 가진 사람은 강압적인 사람도 팔방미인도 아니다. 다만 현명할 뿐이다.

■ 외유내강형 인간이 되라

위의 두 가지를 겸비하고 있으면 어떤 이점이 있을까?

네가 남에게 지시를 내리는 입장이라고 가정해보아라. 상사로서 어떻게 행동해야 할까? 대부분의 사람들은 상냥한 태도로 지시를 내리면 기쁘게 받아들이고 기분 좋게 업무를 행할 것이다. 하지만 명령조로 말하면 그 지시는 적당히 수행되거나 중도에서 내팽개쳐져 버릴 가능성이 있다.

예컨대 내가 부하에게 "술 한잔 가져와!"라고 냉정하게 명령했다고 하자. 그런 식으로 명령을 내렸을 때는 부하가 술을 절반은 옷에 엎질렀으리라고 각오를 해야 한다. 그런 일을 당하기에 마땅한 짓을 했기 때문이다.

물론 부하를 다루려면 상사로서의 권위도 있어야 한다. 때로는 냉정하고 강력한 의지를 보여줄 필요가 있다. 그렇지만 부드러운 태도를 취하여 부하가 불필요한 굴욕감을 느끼지 않도록 해야 한다.

이는 네가 윗사람에게 무엇인가를 부탁할 때나 당연한 권리를 주장할 때도 마찬가지이다. 공손한 태도로 행동하지 않으면, 네 부탁을 거절하고 싶어하는 사람에게 적절한 트집거리를 제공하는 꼴이 된다. 그렇다고 해서 부드러움만으로 일은 성취되지 않는다. 절대로 뒤로 물러나지 않는 끈기와 품위를 잃지 않는 집요함을 보여라. 그리고 의지가 얼마나 강한지 보여 주는 것도 중요하다.

지위가 높은 대부분의 사람은 절대 과격한 행동을 하지 않는다. 보통 사람들은 정의를 위해서, 국익을 위해서라는 이유로 과격한 행동을 할 때도 있지만, 이들은 집요함에 두 손 들거나 원한을 사는 것이 두려워서 일을 조용히 마무리지으려 한다.

말과 행동을 부드럽게 해서 상대의 마음을 붙잡도록 해라. 그렇게 하면 적어도 거절할 구실을 제공하지는 않는다. 그러나 동시에 의지가 강하다는 것을 보여줌으로써, 보통 때 같으면 들어주지 않을 것 같은 일이라도 '귀찮으니까, 원한을 사는 것이 두려우니까'라는 마음이 들게 하여 요구를 들어주도록 하는 것도 좋은 방법이다.

높은 지위에 있는 사람은 주위 사람들로부터 여러 가지 청탁을 받기고 하고, 불만을 듣는 것에도 익숙해져 있다. 이들은 외과 의사들이 환자의 통증 호소에 불감증이 된 것처럼, 하루 종일 하소연을 듣고 있어 사실의 진위 여부를 가리기조차 힘들다. 그러므로 보통 — 공평한 입장이나 인도적인 입장에서 — 호소를 해서는 여간해서 먹히지 않는다. 다른 감정에 호소하는 수밖에 없다.

예컨대 부드러운 말씨와 태도로 호의를 산다든가, 끈질기게 호소하여 '이제 알았다'고 굴복시킨다든가, 혹은 품위를 떨어뜨리지 않는 범위 내에서 '들어주지 않으면 원한을 살 수도 있다'는 것을 냉정하게 보여줘 두려움을 갖게 하는 방법이 있다. 진정으로 강한 의지는 이런 것이다. 무턱대고 밀고 나간다고 해서 해결될 일이 아니다.

부드러운 언행과 강인한 의지야말로 멸시 대신 사랑을, 미움 대신 존경을 받게 하는 유일한 방법이다. 이는 세상의 지혜 있는 자들이 한결같이 몸에 익히려고 하는 비법이기도 하다.

■ 항상 길을 양보한다는 것과 온유하다는 것은 다른 것

이제는 실천이다.

흥분하여 판단력이 흐려지거나 무례한 말이 입 밖으로 나올 것 같으면 마음을 차분하게 가라앉히고 말을 천천히 해야 한다. 이는 상대가 손윗사람이거나 대등한 사람이거나 자신보다 못한 사람이라도 마찬가지다. 흥분이 폭발하려고 하면 감정이 진정될 때까지 침묵을 지키고 마음의 변화를 간파당하지 않도록 신경 쓰라. 마음을 간파당하는 것은 비즈니스에서 치명적인 약점이다.

그렇다고 해서 한 발짝도 양보할 수 없는 대목에서 애교를 부리거나 상냥하게 굴거나 비위를 맞추는 등의 연약한 행동으로 상대에게 약점을 보여선 안 된다.

그럴 때는 공격 일변도로 집요하게 공격을 하는 것이 좋다. 그렇게

하면 손에 넣어야겠다고 목적했던 것을 반드시 넣을 수 있게 된다. 온화하고 내성적이며, 항상 양보만 하는 그런 사람은 사악한 인간, 남의 고통을 이해하지 못하는 냉혈한에게 짓밟히고 바보 취급을 받을 뿐이다. 그러나 부드럽되 강력한 의지력을 보여주면 존경을 받게 되고, 대개는 목적한 바 뜻을 이룰 수 있다.

친구나 지인의 경우도 마찬가지이다. 강력한 의지력은 그들의 마음을 사로잡을 것이다. 그리고 부드러운 언행은 적이 되는 것을 방지해 줄 것이다. 적이라고 생각되는 사람에게는 부드러운 태도로 마음을 열도록 해야 한다.

동시에 상대에게 자신의 강한 의지력을 보여주어 자기가 분개할 만한 정당한 이유가 있음을 알려주는 것도 중요하다. 또 자신은 상대와 달리 꽁하는 밴댕이 속을 가진 사람은 아니라는 등 자기가 하고 있는 일이 정당하다는 것을 분명히 해두어야 한다.

■ 일을 계획대로 교섭시키는 방법

비즈니스 문제로 교섭을 할 때도 강한 의지력을 보여주는 것을 잊어서는 안 된다. 부득이 타협해야만 할 때까지 한 발짝도 물러서서는 안 되며, 절충안도 받아들여서는 안 된다. 부득이 타협하지 않으면 안 될 경우에는 저항하면서 한 발짝씩 물러나야 한다.

물러나면서 부드러운 태도로 상대의 마음을 붙잡는 것이 중요하다. 상대의 마음을 붙잡게 되면 이해를 얻을 수 있어 마음을 움직일 가능성이 있다.

솔직하면서도 떳떳하게 이렇게 말해보는 것도 좋다.

"많은 문제는 있습니다만, 그렇다고 해서 귀하에 대한 저의 존경심이 없어지는 것은 아닙니다. 또한 이번 일을 진행하면서 귀하께서 보여주신 비범한 능력과 열의에 감탄하고 있습니다. 이렇게 능력이 있으신 분을 개인적으로 가까이할 수 있으니 말할 수 없이 기분이 좋습니다."

'부드러우면서도 굳은 의지로!' 시종일관 이를 모토로 밀고 나간다면 대개의 교섭은 성공적으로 마무리될 것이다. 적어도 상대가 마음먹은 대로는 되지 않을 것이다.

■ '북풍의 태양'에서 배울 수 있는 자기 의지의 관철법

내가 말과 행동을 부드럽게 하라는 것은 온순하게 행동하라는 뜻이 아니라는 것을 알 것이다. 자기 의견은 명확히 말하고, 다른 사람의 의견이 틀렸다고 생각되었을 때는 분명히 틀렸다고 말을 하라는 뜻이다.

내가 말하고자 하는 것은 말을 하는 방법이다. 말을 할 때의 태도, 분위기, 용어의 선택, 목소리 등을 정확하고 부드럽게 하라는 뜻이다. 안간힘을 쓰고 있는 듯한 가련한 분위기를 풍겨서는 안 된다. 자연스러워야 한다.

또 반대 의견을 말할 때는 상냥하고 품위 있는 표정을 띠고 단어도 될 수 있는 한 부드러운 것으로 선택한다.

'제 의견을 듣고 싶다면 말씀드리겠습니다. 그 글이 가지고 있는 의미는…'이라든가 '제 말이 맞을지 모르겠습니다만 이런 뜻이 아닐까요?' 등의 말투 말이다.

연약한 이미지를 준다고 해서 설득력이 없는 것은 아니다. 도리어 '북풍과 태양'의 주제처럼, 따뜻한 것이 상대의 마음을 사로잡을 수 있다. (〈북풍과 태양〉은 부드럽고 따뜻한 것이 강한 힘보다 효과적이라는 내용의 동화다.)

토론은 기분 좋게 끝내는 것이 좋다. 자신도 상처를 입지 않았고, 상대의 인격을 손상시킬 생각도 없음을 분명한 태도로 보여줄 필요가 있다. 의견 대립은 일시적이지만 서로를 멀리하게 만들 수 있다.

'태도야 뭐' 하고 말할지 모르지만 태도도 내용만큼이나 중요하다. 좋은 뜻으로 행한 것이 오해를 일으켜 적을 만들 수 있고, 심술궂은 마음으로 시작한 것이 친구로 만들 수도 있다. 따라서 문제는 태도이다.

표정, 말하는 방법, 적절한 용어 선택, 품위 등 이러한 것들이 자연스럽게 어우러지면 언행이 부드럽게 된다. 거기에 강인한 의지력을 겸비하면 위엄이 붙어 사람의 마음을 확실히 사로잡는다.

02
속마음을 간파당하지 마라

다소 전략적인 방법일지 모르지만 순박하게 살아가는 것도 하나의 지혜다. 정말 약은 사람은 그것을 재빨리 실천하여 순박함으로 많은 사람의 마음을 붙잡아 제일 먼저 출세하기도 한다. 젊은이들은 이런 얘기를 몹시 싫어하지만, 시간이 흐르고 인생의 고달픔을 느낄 때쯤이면 '진작 알아두었으면 좋았을걸' 하고 느끼게 될 것이다.

살아가면서 명심해야 할 것은 '감정을 겉으로 드러내지 말 것'이다. 말이나 동작, 표정 등으로 마음이 동요하고 있다는 것을 간파당하지 않도록 해야 한다. 마음이 간파당하면, 자기 통제가 능숙한 상태편의

뜻대로 움직이게 된다. 이것은 직장 생활에 한정된 것이 아니다. 평상시의 생활에서도 자기도 모르게 상대에게 조종당할 가능성이 있을 수 있다.

듣기 거북한 소리를 한다고 노골적으로 화를 내거나 표정을 바꾸는 사람, 기분 좋은 말을 들으면 뛸 듯이 기뻐하면서 경계를 풀어버리는 사람, 이런 사람은 교활한 사람이나 남의 말 좋아하는 사람의 희생양이 되기 쉽다.

교활한 사람은 고의적으로 이쪽의 신경을 거스르는 말을 하거나 기뻐할 말을 하고 반응을 살핀다. 마음이 평온할 때 같으면 결코 누설하지 않을 비밀을 발설하게 되므로.

나서기 좋아하는 사람도 마찬가지다. 다른 점은, 자기도 모르게 교활한 인간처럼 행동하지만, 결정적일 때 자기의 이득을 챙기지 못하고 주위 사람에게 그 이익을 공헌한다는 점이다.

■ 자신의 성격을 변명으로 이용하지 마라

냉정한가 온화한가는 하나의 성격이며, 인간의 의지로는 어떻게 할 수 없는 것 아니냐고 반문할지 모른다. 확실히 냉정하거나 온화한 것은 유전적으로 이어받은 성격임이 분명하다. 그러나 많은 사람들이 무엇이든지 자신의 성격 탓이라고 변명하려는 것을 종종 본다.

겉으로 드러나는 성격 정도는 마음먹고 노력하면 얼마든지 개선할 여지가 있다. 보통 사람들의 경우 이성보다 감정에 좌우되는 경향이 있는데, 이는 노력하면 이성으로 감정을 억제하는 힘을 기를 수 있다.

만약 갑자기 미친 듯이 감정이 폭발할 조짐을 보이면 진정될 때까지 입을 다물고 있는 것이 좋다. 얼굴 표정도 의식적으로라도 긴장을 풀어라. 이런 것은 평상시 명심하고 있으면 얼마든지 할 수 있는 일이다.

뻔히 아는 사람들 앞에서 전문용어를 그럴 듯하게 구사하여 잘난 체한다거나 재치 있고 멋진 경구를 쓰고 싶을 때가 있지만 이는 일시적으로는 찬사를 받을 수 있을지 몰라도 도리어 적대감을 일으킬 수 있다.

반대로 누군가가 너를 빈정거리거든 못 들은 척하라. 직접 들었기 때문에 그렇게 할 수 없을 때는 모른 척하고 주변 사람들과 덩달아 웃어라. 이런 방법도 있다. 상대가 말한 내용을 인정하며 정확한 지적이라고 칭찬을 해주고는 자연스럽게 그 자리를 모면한다. 무슨 일이 있어도 같은 방식으로 반격해서는 안 된다. 그런 행동을 하는 것은 자기가 상처 입었다는 것을 공표하는 것과 같으므로, 모처럼의 수고도 물거품이 되고 만다.

■ 속마음을 간파당해서는 좋은 일을 못한다

어떤 일을 교섭할 때 다혈질인 인물을 상대할 때만큼 좋은 결과를 얻는 일은 없다. 다혈질인 사람은 사소한 일로 마음이 혼란스러워져서 터무니없는 말을 입 밖에 내거나 감정을 노출시킨다. 그런 사람을 관찰할 때는 여러 가지로 넘겨 짚어서 표정을 관찰해보면 그 속마음을 알 수 있다. 비즈니스에서는 상대의 속마음을 읽느냐 읽지 못하느냐가 성공의 관건이다.

자기의 감정이나 표정을 그대로 노출시키는 사람은 노출시키지 않는 사람의 손에서 놀아날 수밖에 없다. 다른 모든 조건이 대등할 때조차도 그러하므로, 만약 상대가 능수능란한 솜씨를 발휘할 때는 더욱 승산이 없다.

똑같이 시치미를 떼는 것이라도, 속마음을 간파당하지 않기 위해 하는 것과 상대편을 속이기 위해 하는 것과는 그 성질이 크게 다르다. 그리고 분명히 나쁜 것은 후자이다. 사람을 속이기 위해 감정을 속이는 것은 도덕적으로도 용납할 수 없을 뿐 아니라 비열한 행위라고 할 수 있다.

이에 대해 베이컨 경(Bacon : 1561~1626. 영국의 철학자이자 정치가)은 이런 말을 했다.

"지적 인간은 상대편을 속이지 않는다. 트럼프 놀이를 할 때 속마음을 간파당하지 않기 위해 무표정한 것은 자기 카드에 대해 감정을 감추는 것과 같지만 상대편을 속이기 위해 그렇게 하는 것은 상대편의

카드를 훔쳐보는 것과 다름없다."

또한 정치가인 볼링브로크 경(Bolingbroke : 1678~1751. 영국의 정치가이자 문필가)은 그의 저서에서 이렇게 밝히고 있다.

「남을 속이기 위해 감정을 감추는 것은 단검을 휘두르는 것만큼이나 잘못된 행위일 뿐만 아니라 불법이기도 하다. 단검을 사용한다는 것은 어떠한 정당한 이유도 변명도 통용되지 않는다.」

한편 속마음을 간파당하지 않도록 감정을 감추는 것은 방패를 드는 것이나 마찬가지이며, 기밀을 보전하는 것은 갑옷을 입는 것과 마찬가지다. 일을 할 때 어느 정도 감정을 감추지 않으면 기밀을 보전할 수 없고, 기밀을 보전할 수 없으면 일이 진척되지 않는다. 그런 뜻에서 감정 숨기기는 귀금속에 다른 금속을 섞어서 주화를 주조하는 합금 기술과 흡사하다.

합금을 하는 것은 필요하지만 너무 지나치게 섞으면(비밀주의자가 지나쳐 교활해진다) 주화는 통화로서의 가치를 잃고, 주조자의 신용도 떨어진다.

네 마음속에 아무리 거센 폭풍이 몰아친다 해도 그것을 얼굴이나 말에는 드러내지 않도록 해라. 조금 힘이 들긴 하지만 불가능한 일은 아니다. 지적인 인간은 불가능한 것에는 도전하지 않지만, 아무리 곤란한 일이라도 추구할 가치가 있는 일이라면 두 배의 노력을 하더라도 반드시 해내는 법이다. 너도 노력을 해주기 바란다.

03
마음을 완전무장하라

알고도 모른 체하는 것은 때로는 큰 이득을 준다.

예를 들어 누군가가 무슨 이야기를 시작하려고 하는데 알면서도 모른 체하는 것이다. 그때 그 사람이 물을 것이다.

"이런 이야기 들어보셨어요?"

네가 대답한다.

"전혀요."

이미 알고 있는 이야기지만 모르는 체하여 상대편이 계속 이야기하도록 한다.

이야기하는 것에 기쁨을 느끼는 사람도 있다. 자기 딴에는 놀라운 지적 발견을 남에게 이야기하고, 그것으로 허영심을 만족시키고 싶은 사람도 있다. 이런 중요한 이야기를 들려줄 만큼 자기는 지적 신뢰를 받고 있다는 것을 확인하고 싶어서 떠들어대는 사람도 있을 것이다(대부분의 사람이 이럴지도 모른다).

'이런 이야기 들어보셨어요?'라고 물어보았을 때 네가 '네' 하고 대답해버리면, 그 사람은 실망할 것이다. 그리고 결국은 김이 빠져서 입을 다물어버릴 것이다.

한 개인에 대한 중상 모략이나 추문은 귀에 못이 박힐 정도로 들었을지라도 마음을 터놓을 수 있는 친구가 아니라면 비밀을 지켜야 한다. 그런 경우에는 듣는 쪽도 무언중에 비방하는 사람을 지지할 수 있으므로 결코 좋은 일에 끼여든다고 할 수 없다. 그러므로 그런 화제가 오르면, 실은 다 알고 있는 이야기라고 할지라도 항상 회의적인 척 가장하고 정상 참작의 의견 쪽에 서는 것이 좋다.

이처럼 언제나 아무것도 모르는 듯이 있으면, 우연히 정말 몰랐던 정보를 얻어들을 수도 있다. 그리고 이것은 정보를 수집하는 최고의 방법이기도 하다.

■ 무적의 아킬레우스도 싸움터에 나갈 때는 '완전 무장'을 했다

대부분의 사람들은 아주 시시한 일에도, 그리고 아주 시시한 사람들과의 모임에서도 다른 사람의 우위에 서서 허영심을 만족하려 드는 법이다. 그런 상황에서 절대로 입에 올려서는 안 되는 일을 노출하고 싶어 안달이 날 때가 있다.

그럴 때 아무것도 모른 척 가장하고 시치미를 떼고 있으면 새로운 정보를 얻을 수 있다. 그러고 있으면 정보를 얻는 일에 무관심하다고 간주되어, 상대는 자신들의 나쁜 음모를 마구 지껄여도 된다고 믿을 것이다.

그러나 어떤 정보도 수집할 가치는 있다. 어설피 들은 정보의 경우 확실한 근거를 찾지 않으면 안 된다. 다만 정보를 수집할 때는 현명한 방법을 취해야 한다. 귀를 곤두세우거나 직접 질문을 하는 것은 현명한 방법이 못 된다. 그런 모습을 보이면 상대는 경계 자세를 취하고, 시시한 정보만 흘릴 수 있다.

모르는 척 시치미를 떼는 것과는 반대로 당연히 안다는 듯 행동하는 것도 때로는 효과가 있다. 그럴 때 상대는 사실 '그 내용은 바로 이런 것'이라고 친절히 모든 상황을 설명해주기도 하고, '이런 이야기 들었는지 모르지만 사실은'이라고 놀라운 정보를 제공해줄 수도 있다. 그들

은 덧붙여 모르는 것은 또 뭐가 있느냐
면서 친절을 베풀 것이다.

　여러 가지 상황 변화에 능수능란하게
대처하기 위해서는 항상 주변 일에 주의를
기울이고 냉정을 잃지 말아야 한다.

　무적이었던 아킬레우스(Achilleus : 그리스 신화에 나오는 신)도 싸
움터에 나갈 때는 완전무장을 하였다. 사회란 싸움터나 마찬가지다.
항상 완전무장하고, 또 약점이 있으면 갑옷을 한 벌 더 겹쳐 입어 중무
장을 해야 한다. 조그마한 부주의, 사소한 방심이 목숨을 앗아간다.

04

성공으로 이끄는 인간관계의 비밀

이 편지가 도착될 쯤엔 네가 몽펠리에에 머물러 있을 것이라고 생각한다. 같이 있는 하트 씨의 병도 완쾌하여 크리스마스 전에는 파리에 도착할 수 있도록 기도하고 있다. 그리고 너에게 꼭 소개해주고 싶은 분이 파리에 두 분 계시다. 두 분 다 영국 사람인데 보통 분이 아니시다. 그분들과 알고 지내게 되면 여러 가지로 너에게 도움이 될 것이다.

한 분은 여성이다. 이성이라고 해서 특별히 친숙한 관계를 맺으라는 말은 아니다. 사실 그 문제는 내가 관여할 바가 아니다. 게다가 유감스럽게도 그녀는 50이 넘은 여성이다. 언젠가 너에게 디종까지 가서 만나 뵙고 오라고 했던 하비 부인 말이다. 다행히 하비 부인이 파리에서 이번 겨울을 보낸다고 한다.

그 부인은 궁정에서 태어나서 궁정에서 자란 분이다. 이분은 궁정의 시시한 것을 제외한 좋은 점은 모조리 갖추고 계시다. 예컨대 이런 것 말이다. 예의바름, 품위, 친절함 등등.

하비 부인은 식견도 높고 여성으로서 읽어야 할 책들을 모두 독파했을 뿐만 아니라, 다양한 분야에서 전문가적 지식을 갖추고 계시다. 또 라틴어도 자유자재로 구사하신다. 남이 알까봐 절대 말을 하지 않지만 말이다. 그분께 가면 너를 자식처럼 대해주실 것이다. 너도 그분을 대리인으로 생각하고 무슨 문제든 상의하고 부탁을 드려라. 그 부인처럼 완벽한 지성과 인격을 갖추고 계신 분은 드물다고 생각한다.

너에게 소개하고 싶은 또 한 사람은 너도 들어 알고 있는 한팅던 (Hantingdon : 1696~1764) 백작이다.

이 사람은 내가 자식 다음으로 애정을 쏟고, 높이 평가하고 있는 인물이다. 그는 나를 양아버지처럼 따르며, 고맙게도(나도 사실 기쁘다) 그렇게 불러주고 있다. 그는 두뇌가 명석한데다 광범위한 지식을 갖춘 사람으로, 종합적인 평가를 한다면 이 나라에서 최고의 청년이라 할 만 하다.

이처럼 뛰어난 사람과 교분을 나누면 너도 그 영향을 받아 좋은 일이 있을 것이라고 믿는다. 게다가 그 청년은 내 마음을 알고 너와 친숙하게 지낼 생각을 하고 있다. 너의 미래를 위해서 두 사람이 관계를 긴밀히 하여라. 여러 가지로 너에게 도움을 줄 사람임에 틀림없다.

■ 두 가지의 친분관계를 슬기롭게 이용하라

사회 생활을 하다보면 연고 관계가 필요할 때가 있다. 아는 사람과 신중하게 관계를 맺고 잘 이용한다면 좋은 결과를 얻을 수 있다.

친분 관계에는 두 가지가 있다. 너는 그것의 차이를 항상 염두에 두고 행동하기 바란다.

첫째는 대등한 연고 관계이다. 이는 실력이나 배경이 비슷한 두 사람이 구축하는 호혜적인 관계로 자유로운 교류와 정보 교환이 이루어질 수 있다. 하지만 상대편이 자신을 위해 힘써준다는 확신이 없으면 성립되지 않는 관계이다. 그 밑바탕에는 존경심이 흐르고 있어야 한다.

그런 관계도 때로는 이해관계가 양립되는 때도 있다. 하지만 결코 파괴할 수 없는 상호의존 관계로 맺어져 있어 문제가 생겼을 때 조금씩 양보하면 최종적으로 합의가 이루어지고 끈끈한 관계를 유지할 수 있게 된다.

내가 한팅던 백작과 너에게 바라는 것은 바로 이런 관계다. 너희 둘은 거의 같은 시기에 사회 생활을 시작한다. 두 사람이 거의 대등한 능력과 집중력이 있으면 다른 젊은이와도 손을 잡고 행정기관이 감히 무시할 수 없는 집단을 결성할 수가 있다. 그렇게 의견을 합친 두 사람은 시간이 지나면 함께 뻗어 올라갈 수 있다.

또 하나는 대등하지 않은 연고 관계이다. 한쪽은 지위나 재산이 있고, 한쪽은 소질과 능력이 있을 때 성립되는 관계이다. 이런 관계에서는 이득을 보는 쪽은 한쪽밖에 없고, 그 이득도 표면에 나타나지 않도록 교묘하게 덮여져 있는 경우가 많다.

이득을 보는 쪽은 상대편의 비위를 맞추고 마음에 들도록 행동한다. 상대가 우월감을 표시해도 꾹 참고 있다. 이득을 주는 쪽은 핵심을 조종당하여 분별력이 없어졌지만, 자기로서는 상대편을 잘 조종하고 있는 줄 알고 있다. 하지만 사실은 자기 혼자만 그렇게 생각하고 있을 뿐 상대편의 장단에 춤을 추고 있을 뿐이다. 이런 사람을 교묘하게 조종하면 조종하는 쪽에 커다란 이득을 줄 것이다.

이런 것에 대해서는 전에 한번 너에게 편지를 쓴 일이 있다고 생각되는데, 이외에도 2,30가지의 비슷한 예가 있다. 이처럼 한쪽에만 이득을 가져다주는 관계는 수없이 많다.

05
라이벌을 이기는 방법

싫은 사람에 대한 감정을 겉으로 드러

내지 않고, 사려 깊은 모습을 유지하기 위해 어떻게 해야 할까?

그러나 그것은 이론적으로는 알고 있어도 막상 실천하려고 하면 여

간 힘들지 않다. 젊은이들은 단순해서 하찮은 일로 흥분하여 일을 망

쳐버리기 일쑤다. 직장 생활이나 연인과의 문제에 있어서도 그렇지만

자신을 비판하는 사람을 보면 참을 수 없는 분노를 느낀다.

젊은이들에게는 라이벌도 적과 다름없다. 라이벌이 눈앞에 나타나

면 제아무리 노력을 해도 어색하고 냉담한 태도를 버릴 수가 없다. 이

들은 무례한 행동을 취해서 어떻게 하면 상대의 기를 꺾어놓을 것인가

에 여념이 없다.

이는 정말이지 바보 같은 생각이다. 상대도 자신과 똑같은 사람으로 좋아하는 일도 있고 이성을 선택할 권리도 있다. 이런 보통의 정서를 가진 사람에게 그런 바보짓을 한다는 것은 통찰력이 부족하다는 증거다. 라이벌에게 냉담하게 한다고 해서 자기가 원하는 걸 얻을 수 있을까? 천만에, 그러기는커녕 라이벌끼리 으르렁거리며 싸우는 틈에 제3자가 끼어들어 자기 이득을 챙겨가 버리는 것이 현실이다. 사람은 그 누구도 간섭받는 걸 좋아하지 않는다. 그러나 이 문제는 나의 말을 명심해두어라.

물론 라이벌 사태에 직면한 당사자들은 나름대로 매우 심각할 것이다. 따라서 어느 쪽도 방향 전환이 쉽지 않다. 그런 경우 원인은 해결하지 못한다 하더라도 결과는 얼마든지 유추해볼 수 있다. 절대 냉정을 지킬 일이다.

가령 두 사람의 연적이 적대감에 가득 차 노려보고 있다고 하자. 두 사람이 서로 험상궂은 얼굴로 노려보거나 욕지거리를 하면, 그 자리에서 이를 지켜보던 사람들은 매우 불쾌할 것이다. 그리고 그들의 사랑 역시 경멸을 받을 것이다.

그러나 한쪽이 진심이야 어떻든 간에 상냥한 미소를 짓고 있다면 결과가 어떻게 될까. 순간 적대감을 표시한 인물은 말할 수 없이 초라하게 보여, 사랑하는 여성은 상냥한 미소를 짓고 있는 사람에게 호의를 갖게 될 것이다. 그리고 적대감 때문에 펄펄 뛰던 연적은 상대의 상냥한 태도를 자신감의 표현이라고 해석하여 더욱 움츠러들 수밖에 없다. 그리고 상대에게 호의를 보이는 여성에 대해 실망할 것이 틀림없다. 그러면 그 여성도 이러한 비이성적이 태도에 분개해 끝까지 적대감을 노출한 사나이를 경멸할 것이다.

■ 긍정적인 라이벌은 일을 성공시키는 열쇠이다

일도 라이벌의 예와 마찬가지다. 자신의 감정을 누르고 겉으로 냉정해질 수 있는 사람이 성공을 거둔다.

프랑스 사람들은 '은근한 태도'라는 말을 자주 쓴다. 이는 연적에게 혐오감을 노골적으로 나타내는 마음이 좁은 사람에게는 각별히 상냥한 태도를 취하라는 뜻을 내포하고 있다. 나의 경험담을 들려주면 쉽게 납득할 수 있을 것이다. 네가 똑같은 상황에 처했을 때 기억해내어 잘 헤쳐 나가기 바란다.

내가 네덜란드의 헤이그에 가서, 오스트리아 계승 전쟁에 대한 전면 참전을 요청하고, 구체적으로 군대의 수를 결정하는 등의 교섭을 성사시키고 돌아왔을 때의 이야기다.

헤이그에는 너도 알고 있는 수도원장이 있었다. 그는 프랑스 편에서서 어떻게 해서든지 네덜란드의 참전을 저지하려 하고 있었다. 나는 그 수도원장이 머리가 좋고 따뜻한 마음씨에 근면한 인물이라는 말을 듣고서, 서로가 숙적이라 친교를 맺을 수 없는 처지를 매우 유감스럽게 생각하고 있었지. 그러던 중 제3자가 마련한 자리에서 처음으로 그를 보았을 때, 내가 이렇게 말했다.

"국가끼리는 서로 적대관계에 있습니다만, 우리는 국가를 초월하여 우정을 나눌 수 있었으면 합니다."

그러자 대수도원장은 "저도 그렇게 생각합니다."라고 정중하게 대답을 했지.

그로부터 이틀 후였다. 내가 아침 일찍 암스테르담 의회에 나가보니,

그곳엔 이미 대수도원장이 나와 있었다. 나는 대수도원장과 면식이 있다는 사실을 대의원들에게 이야기한 후 미소를 지으며 이렇게 말했다.

"나의 오랜 숙적이 여기에 있는 것을 보고 대단히 유감스럽게 생각하고 있습니다. 내가 이런 말을 하는 것은 이분의 능력이 공포감을 심어줄 정도의 것이기 때문입니다. 이래가지고는 공정한 싸움이 되지 않습니다. 부디 이분의 힘에 굴복하지 말고 국익만을 생각하시도록 부탁드립니다."

그날 나는 다른 말은 몰라도 마지막 말은 어떤 일이 있더라도 해야한다고 생각을 했다.

내 말이 끝나자 그 자리에 있던 사람들 모두의 입에 미소가 감돌았다. 대수도원장도 나로부터 정중한 찬사를 받은 것이 그리 싫지 않은모양이었다. 15분쯤 지나자 그는 나를 남기고 자리를 떠났다.

나는 계속 설득했다. 전과 다름없이. 그러나 더욱 진지하게 말했다.

"내가 여기에 온 오직 한 가지 이유는 네덜란드의 국익을 위한 것뿐입니다. 나의 친구는 여러분의 눈을 현혹시키기 위해 과장이 필요했습니다. 그렇지만 나는 모든 허위를 벗어던지고 말씀드리고자 합니다."

나는 목적을 달성하였다. 그리고 그 후 대수도원장과도 여전히 친교를 맺고 있다. 우리 두 사람의 공동의 친구를 만났을 때는 물론이고, 단둘이 있을 때에도 정중한 태도로 서로의 근황을 묻고 있다.

■ 남자로서 떳떳한 처세법

어엿한 사회인으로서 활동하는 사람이 라이벌에 대해 취하는 태도에는 두 가지가 있다. 극단적으로 정중하게 대하든가, 상대를 아예 때려눕히는 방법이 그것이다.

만일 상대가 고의적으로 너를 모욕하거나 경멸했다면 주저하지 말거라. 그를 때려눕혀도 좋다. 그러나 마음의 상처를 입은 정도라면 냉정을 잃지 말되 정중하게 대하라. 그렇게 하는 것이 자신을 위해서 좋다. 또 상대에게 확실한 복수를 하는 길이다.

이것은 상대를 속이는 것과는 다르다. 네가 그 사람의 가치를 인정하고 친구가 될 생각이면 모르지만. 사실 그런 사람은 친구로 사귈 가치도 없고 친구가 되라고 권하고 싶지도 않다.

공적인 자리에서 노골적으로 적대감을 드러내는 사람에게 정중하게 대한다고 해서 책망을 받지는 않을 것이다. 대부분 그 자리를 원만하게 수습하고, 주위 사람들에게 불쾌감을 주지 않도록 배려하고 있다고 생각할 것이 분명하다.

사회에서는 개인적인 개성이나 질투심 때문에 공공 생활을 교란시켜서는 안 된다는 암묵적인 약속이 있다. 그것을 아무렇지도 않게 침해하는 사람은 세상 사람들의 웃음거리가 되어 인정을 받지 못할 것이다.

사회는 온갖 죄악들, 이를테면 심술궂음, 증오, 원한, 질투 등이 소용돌이치는 공간이다. 노력은 다른 사람이 했는데 엉뚱한 사람이 열매를 따 가는 억울한 상황도 있을 수 있다. 또 흥망성쇠도 심하다. 오늘 흥했는가 싶으면 내일 망하는 것이 사람의 일이다.

이런 살벌한 사회 속에서는 예의 바름이나 부드러운 언행, 굳센 의지 같은 기본 장비를 몸에 지니고 있어야 살아남는다. 또한 우군이 언제 적이 될지 모르는 것이 사회다. 바로 그렇기 때문에, 마음속으로는 미워하면서도 겉으로는 미소를 잃지 않고 신중을 기해야 한다.

06
경쟁자 앞에서 냉정을 잃지 마라

이미 너는 사회에 첫발을 내디뎠다. 언젠가는 네가 대성하기를 간절히 기도한다. 아들아, 세상을 살아가는 데 있어 가장 중요한 것은 실천이다. 그리고 동시에 모든 것에 대한 배려와 집중력은 필수적인 것이다.

예컨대 편지를 쓰는 일을 예로 너에 대한 도움말의 총정리를 하고자 한다. 여기에는 사회인으로서 몸에 지녀야 할 중요한 요소가 잘 집약되어 있다고 생각하기 때문이다.

첫째 비즈니스 레터를 쓸 때는 정신 바짝 차리고 써야 한다. 세상에서 가장 머리가 나쁜 사람이 읽어도 이해할 수 있는 글 말이다. 읽어 나가는데 무슨 뜻인지 알 수 없다든지, 처음부터 다시 읽어야 한다든지 하는 난해한 글은 절대 써서는 안 된다. 그리고 무엇보다도 정확성이 필요하며, 품위를 잃지 않는 것 역시 중요하다.

비즈니스 레터는, 일반적인 편지에서 쓰는 상대방이 좋아하는(물론 정확하게 사용될 경우의 이야기지만) 은유나 비유, 대조법, 경구 등은 사용하지 않는 게 좋다. 어울리지도 않겠지만 말이다. 비즈니스 레터는 산뜻하고 품위 있게 정리되어 있어야 하고 사소한 것까지 배려를 해야 하는 것이 원칙이다. 복장에 비유한다면 정장은 단정한 느낌은 주지만 지나치게 화려한 디자인의 옷은 단정치 못한 인상을 주기 쉽다.

또 자기가 쓴 글을 단락마다 제3자의 눈으로 다시 읽어보아 다른 뜻으로 받아들여질 염려가 있는 대목은 없는지 점검해보는 것도 중요하다.

대명사나 지시대명사는 특히 주의를 해서 쓰라. '그것' '이것' '본인' 등등을 많이 사용하여 오해를 불러일으키기보다는 조금 길어지더라도 명확하게 '××씨' 'ㅇㅇ의 건'이라고 명시하는 편이 좋다.

비즈니스 레터라고 해서 예의나 정중함은 불필요하다고 생각해서는 안 된다. 정중하게 '귀하를 알게 되어 영광…'이라든가 '저의 의견을 말씀드리자면…'처럼 깍듯한 경의를 표하는 것이 좋다.

해외에 있는 외교관은 국내에 편지를 보낼 때 대개 윗사람인 각료나 지원자(아니면 지원자가 되어주기를 바라는 사람)에게 쓰는 일이 많으므로 특히 이 점에 주의해야 한다.

편지지를 접는 것, 봉함을 하는 것, 수신인의 주소나 성명을 쓰는 것 등에도 그 사람의 인격이 나타나는 법이다. 얼마나 정확하게 정성을 들이느냐에 따라 좋은 인상을 주기도 하고 나쁜 인상을 주기도 한다. 너는 그런 걸 예사로 봐 넘기겠지만 상대방은 그렇지 않다. 그러한 점까지 배려하는 것을 잊지 않도록 해라.

비즈니스 레터의 필수사항은 아니지만 품격도 갖춰야 한다. 화사하지 않으면서 또박또박하게 글씨를 써야 한다는 것은 그런 점에서 중요하다. 그렇지만 이것은 비즈니스 레터로서 끝마무리라 할 수 있다. 아직 토대가 완성되지 않은 너에게 이런 장식적인 것까지 신경 쓰라고 하는 것은 너무 부담을 주는 것 같으니 이만 하겠다.

그리고 문자나 문체를 지나치게 화려하게 쓰면 오히려 역효과가 난다. 간결하고 고상하며 위엄을 느낄 수 있도록 써라. 그것도 연습이 필요하다.

문장의 길이는 너무 길어도, 너무 짧아도 안 된다. 의미가 정확하게 전달될 정도의 길이면 충분하다. 너는 곧잘 맞춤법이 틀린 편지를 보내오는데, 그것도 유의를 해라. 비웃음을 살 수도 있다.

아, 네 글씨는 또 왜 그렇게 지저분하니. 나는 도저히 이해할 수가 없구나. 일반인과 똑같은 눈과 손을 가진 사람은 조금만 신경을 쓰면 반듯한 글을 쓸 수 있다고 생각하는데 말이다. 나로서는 네가 글씨를 좀 잘 쓰도록 기도드릴 수밖에 없다.

■ 작은 일에 있어서 통큰 자, 큰일에 있어서 소심한 자가 되지 말라

네가 글을 쓸 때 글씨본처럼 한자 한자 신중하게 긴장감을 갖고 쓸 필요는 없다. 사회 생활을 하려면 정확하고 빨리 쓸 수 있어야 한다. 그러기 위해서는 연습이 필요하다.

아름다운 글씨를 쓰는 습관을 몸에 익혀두어라. 그러면 지위가 높은 사람에게 갑자기 글을 써야 할 필요가 생겼을 때 글씨 같은 시시한 문제로 고민을 하지 않고 내용에만 정신을 집중할 수 있다.

젊었을 때의 수업이 부족했기 때문에, 유사시에 작은 일에 마음을 빼앗긴 나머지 큰일을 다룰 능력이 없어져서 곤란을 겪은 사나이가 있다. 이 인물은 '작은 일에 있어서는 통큰 자, 큰일에 있어서는 소심한 자'라고 불렸다고 한다. 큰일을 대처해야 할 때 사소한 것에 마음을 빼앗겼기 때문이다.

너는 지금 작은 일에 대처하는 시기에 있고, 또 그런 지위에 있다. 지금은 작은 일을 잘 마무리짓는 습관을 몸에 익히는 시기이다. 머지 않아 네게 큰일이 맡겨질 때가 올지 모른다. 그때가 되어서 작은 일에 전전긍긍하지 않도록 지금부터 준비를 해두거라.